“小市民”系列⑤

巴黎马卡龙之谜

THE PARIS MACARON MYSTERY

[日]米泽穗信——著
林枫——译

新星出版社 NEW STAR PRESS

1 巴黎马卡龙之谜
49 纽约芝士蛋糕之谜
109 柏林炸面包之谜
175 佛罗伦萨泡芙之谜

巴黎马卡龙之谜

1

第二学期开学不久，白天仍旧热得人汗流浃背，可早晨与傍晚的风却已凉得出奇，天上不时会泛起颇具秋意的卷积云。在这样的九月中旬，放学后，我带着满脑子问号，在前往名古屋的电车上摇晃着。

从我居住的木良市到名古屋，乘坐快速电车花不了二十分钟。虽然完全在允许范围之内，但其实我向来去名古屋都只是为了坐一下新干线。而我之所以会像现在这样，遥望着午后的街景前往那里，理由无他，只是因为这次是小佐内同学带着我去的。

高一暑假快结束的时候，出于某种原因，我有好几天都很晚回家。当被盘问时，我便借着与小佐内同学之间的约定——危难时以彼此为挡箭牌，请她帮我解释说“晚回家是为了准备文化节”，从而摆脱了窘境。于是按照互惠原则，下次就该换我来帮小佐内同学了。本来我都做好了帮她擦窗或除草的准备，但她要求的却是——

“这个星期五，跟我一起去名古屋。”

从木良市到名古屋的快速电车里配备的是面对面的双人座席。尽管距离晚高峰还有一段时间，可与下行列车交错而过时，我发现对面的车厢里已挤得水泄不通。反之，上行列车则空空荡荡，我们两人占据了四个人的座位。小佐内同学的腿上摊着杂志，脸上没什么表情，不过从那不停摆来摆去的腿可以看出，她的心情似乎很好。我始终犹豫着该不该问，在时刻表显示还有十分钟就要到名古屋的当下，我决定还是问一问比较好吧——究竟为什么要带我去名古屋呢？

“我说，小佐内同学。”

小佐内同学那摆动的腿立刻停了下来，她抬起脸问道：

“怎么啦？”

“为了感谢你帮助了我，我肯定会满足你的要求的。但是呢，如果可以的话，能不能让我问个问题呀？”

她呆呆地歪起脑袋。

“问什么？”

从她这副装模作样的态度来看，莫非她已给出了足够的信息，能让我推测出此行的目的？若是这样的话，向她寻求答案还为时尚早，我得先整理一下线索才是。

小佐内同学无视已开始开动脑筋的我，“啊”地低呼一声，像是终于理解我那番话似的点了点头说道：

“对哦，我还没说今天要去做什么。”

“啊，你是准备告诉我的吗？”

“我们等一下要去一家刚开张的店铺——Pâtisserie Kogi Annex Ruriko，品尝他们新出的马卡龙。”

嗯，好吧，我就知道是这么回事，可我还有问题没解决——

“为什么要带我去呢？”

“因为秋季限定的口味有四种，但是照这上面说的——”

小佐内同学拍了拍腿上那本杂志，眼神认真得可怕。

“茶与马卡龙套餐只能选三种马卡龙。”

她的意思是：你去给我点剩下的那一种。这样子，好吧，也在我的意料之中。那么，问题就只剩一个了——

“不能打包吗？”

听我这么一问，小佐内同学的脸上浮现出满是哀伤的笑容，她透过车窗凝视着远方的地平线说道：

“要是能打包……我就不用这么辛苦了……”

看着她的侧脸，让人觉得她像极了忍受残酷命运的殉教者。

“现在，我要开始讲课了。”

不知是不是来了兴致，小佐内同学突然这么说道。

此刻，电车正从中途停靠的车站出发，下一站就是名古屋。她调整了坐姿，挺直背脊，还顺带清了清嗓子。

“有个甜点师名叫古城春臣。他初中毕业后就远渡法国，在著名的甜品店学艺十年。那家店的店名写的是法语，所以我看不懂。哪怕用片假名写也好啊……回国之后，他主要在名古屋市内的酒店里工作。不过，三十岁的时候，他将家人留在名古屋，只身前往东京的自由之丘（**注：位于日本东京目黑区的街区**）开了自己的店，名叫Pâtisserie Kogi。”

“独自赴任的意思？”

被我从中打断，小佐内同学稍稍撅起了嘴。

“我觉得个体户是没有‘赴任’一说的。”

有道理，毕竟他不是受谁的委任而去东京的。

“那么，这该怎么描述呢？”

“外出挣钱……吧？”

“好像不太一样……”

“这根本不重要。”

我被厉声喝止了。

“根据《月刊马卡龙》的采访，对于这家开在东京的店铺……”

小佐内同学一边说，一边从书包里取出一个透明文件夹，里面好像夹着一沓杂志的切页。她从中抽出一张，举到面前念了起来：

“古城春臣说：‘我想去更大的世界试试身手。只要能越过最高的横杆，其他的也就无所畏惧了。’”

“这人挺积极向上啊。”

“顺便一提，他还是一个相当帅的美男子。”

小佐内同学将切页转了一百八十度朝向我。彩色照片上的这个男人身穿厨师服，交叉着手臂，面露爽朗的笑容。乍看之下觉得他有点粗俗，但经小佐内同学一说我意识到——他的五官的确挺端正的。这就是所谓的三十岁吗？他的表情和站姿都充满了自信，可那条挂在胸前的银项链似乎跟他不太搭。抱起的手臂处能看见伸出的细长干净的手指，指甲修得很短，到底是甜点师。

当然，比起古城春臣的照片和采访，我对小佐内同学会随身携带这些资料有着更深的敬意。我不觉得她是为了给我看才带着的，应该是用来自我学习的吧。虽说放学后要去甜品店，可她竟然还会想到带上杂志报道的切页，这主意真令我始料未及。

小佐内同学丝毫没在意我那处于敬佩与哑然之间的微妙情绪，又从透明文件夹里抽出一篇报道。

“Pâtisserie Kogi注重堂食的战略获得成功，有了名气。而古城受新宿与日本桥的百货店展示会邀请所开设的临时分店也一致博得了好评。三年后，他得以在代官山开了第二家分店，那就是‘Pâtisserie Kogi代官山’。这家店的生意也很不错。古城凭借在甜品店云集的激战区连续取胜的战绩，赢得了不可动摇的名声。从那时候开始，他蓄起了小胡子，感觉有点不修边幅。”

说着，小佐内同学把这张切页也给我看了看。这回的照片拍的是古城在厨房里对着面团的情景。黑黑的小胡子冲击力很强，我十分能理解小佐内同学用的“不修边幅”这个字眼。不过，我倒也不讨厌他身上透出的那种类似成功人士的威严气质。他穿的服装与刚才那篇报道里的几乎没有二致，但不知是不是威望有所提升的缘故，这回他的项链看上去也没那么突兀了。我扫了一眼报道，在面对“如何度过休息日”这个问题，他回答道：“我基本上都会回名古屋，和妻女团聚。正因为家人们给予我力量，我才能集中精力投入新一天的工作。”这生活看起来着实辛苦，但好在也许只需一列新干线就能往返两地了。

“然后，今年一月，他终于公布了名古屋分店的消息，那就是今天我们要去的Pâtisserie Kogi Annex Ruriko。这对古城春臣来说意味着衣锦还乡。而最重要的一点，当然是——”

小佐内同学一边抽出另一篇报道，一边加重语气说：

“在名古屋的话，放学后我们也能去。”

她递过来的第三张报道上，两颊略微凹陷的古城春臣正露出傲视群雄的笑容。同样，在这张照片上的他也穿着厨师服，或许是年纪增长趣味有变吧，这次他没戴项链。我粗略看了看报道，发现了这样的记述:“我想让名古屋的新店走上与东京店不同的路线。秉持Pâtisserie Kogi的风格固然重要，但总是重复就不会有进步。我希望打造出一家能展现女人味的店铺，店名也定为Pâtisserie Kogi Annex Ruriko。”

“这上面写——他想打造一家展现女人味的店铺呢。”

“嗯。”

“那会是怎样一家店呢？”

小佐内同学露出一副略感乏味的表情。

“不知道。”

“比如展现曲线美？”

“这世上要是存在没曲线的生物，那可够吓人的……不过确实，说不定就是新艺术派（**注:十九世纪末二十世纪初，在欧洲和美国产生并发展的“装饰艺术”运动——新艺术运动，其流派便是“新艺术派”**）那种感觉吧。对不起，没能给你个像样的回答。对现在的我来说，店铺的氛围什么的，重要是重要，但并不是最重要的。”

马卡龙才是最重要的，对吧？

我看着报道，开始推断古城春臣的言外之意：

“总而言之，他就是因为这个而给店名加上了‘Annex Ruriko’吗？也就是说，这个‘Ruriko’并不是某个具体的人名，而是为了营造女性氛围而给出的一种意象？”

我对这种别致的用心表示佩服后，小佐内同学露出了些许哀伤的神色：

“据说店长名叫田坂瑠璃子。”（注：“瑠璃子”的日语发音为ruriko。）

“啊，这样啊……”

“古城春臣日益繁忙，田坂瑠璃子女士就代替他担任了自由之丘店实质上的店长，她还是一个在国内甜品比赛中得过冠军的实力派，算是Pâtisserie Kogi的王牌……不好意思，小鸠同学，今天我没带她的资料。因为我没想到你居然对此这么感兴趣。”

“不不，没关系的。”

“我星期一再带给你，行吗？”

“不，不用了。”

“明天也可以哦。”

“真的不用了，小佐内同学，谢谢。很高兴你有这份心啦。”

快速电车的速度缓缓放慢。广播用慢悠悠的声音告知我们，电车即将抵达名古屋站。

2

Pâtisserie Kogi Annex Ruriko位于名古屋站以南，步行十分钟左右的地方。虽不及车站前，但也算是商业楼林立的地区。店铺位于面朝十字路口的大楼一层，墙壁是红砖砌成的，或者说是用了近似红砖质感的瓷砖，绿油油的爬山虎层层叠叠。两扇白色的大门左右打开，旁边的墙上镶嵌着黄铜质感的招牌，上面有一串罗马字母，但因为是不熟悉的单词，我看过就忘了。多半是店名吧。

房檐下有个画架，上头竖了一块黑板，写着“感谢光临本店。九月二十日起将推出外带服务，目前尚在准备”。看来，小佐内同学没法把第四种马卡龙买回家并非出于什么重大的原因，仅仅是店铺还没准备好罢了。

我本以为，这里到车站有些距离，离繁华的荣町也有点远，所以算不上什么好地段。谁知，现在都没到五点，店里就已经人头攒动。洋溢着甜美香气的店内有着高高的天花板，店堂面积似乎相当宽敞，但或许是因为呈L字形的大展示柜占了不少空间，桌子的数量并不多。有些座位还是根据需要将双人桌拼起来的。我们进店后，一名系着黑色无兜围裙的店员走了过来问道：

“欢迎光临。请问几位？”

小佐内同学的眼神已经死死地钉在了展示柜上，于是我回答：

“两位。”

“两位对吧？”

店员胸前别着徽章，除了“佐伯”这个姓氏外，还用红字写着“实习生”的字样。听说这店刚开不久，店员是新手也理所当然吧。

这位店员用手往仅有的那张空桌示意道：

“两位请用那边的靠窗座位。入座前请先点餐。”

看来这里的规矩是先点餐再入座。我们往展示柜走去，店员则往我们即将入座的桌上放了一块写着“6”的号码牌，算是这里已经有客人的标志吧。

小佐内同学先前一直在说马卡龙，所以我以为这里是马卡龙专卖店，但其实展示柜里摆放的是各种各样的蛋糕。除了连我都知道的芙蕾杰（**注：法式草莓蛋糕**）、欧培拉（**注：法式巧克力咖啡蛋糕**）和蒙布朗（**注：法式栗子泥蛋糕**），还有很多蛋糕我光看一眼也记不住名字。不过马卡龙占据了展示柜的三分之一，既有浅色系的，也有接近原色的，还有带着大理石花纹的。我瞥了一眼小佐内同学，只见她正以一脸放松享受的笑容盯着马卡龙的队列。

我故意咳嗽了一声，于是小佐内同学的眉间顿时一紧。

“刚才我也说了，我们要点的是茶与马卡龙套餐。小鸠同学，我想请你点一个柿子口味的马卡龙。剩下两种就选你自己喜欢的吧。”

“好。”

我望了望摆在展示柜里的马卡龙，然后跟同样佩戴着“实习生”徽章的店员点起餐来：

“我要茶与马卡龙套餐，马卡龙选柿子、香蕉和可可口味的。”

“请到您的座位上稍等片刻。”

店员如是说。于是，我便往桌子走去。

店员给我们安排了靠窗的座位。整面墙体都是落地窗，正对四车道的马路。马路对面有一幢安装了大钟的楼房，时针就快指向五点。我将身体沉入坐起来相当舒适的椅子，轻轻吁了一口气。想不到，放学后居然会来名古屋吃马卡龙，跟小佐内同学在一起还真是体验丰富。

我们进店之后，就满座了。我用目光数了数，一共有十二桌。单从小佐内同学的话来看，我以为这家店主要是面向年轻消费者的，可实际上顾客的年龄层还挺宽。二人一桌的居多，最热闹的一桌有六个人，还有少数独自一人入座的。有刚把马卡龙送进嘴里就幸福得喜笑颜开的女人；有左手玩着手机，右手拿茶匙猛一勺挖塌蒙布朗的西装女；也有把甜点扔在一边，对着粉饼盒里的镜子打理头发的校服女生。

顾客几乎全是女性，算上我，男性只有两名。另一名男子穿着西装戴着眼镜，面前开着一台薄薄的笔记本电脑。能在这缭绕着甜蜜芬芳的店里工作还真有定力啊。不过，他也可能是一个不折不扣的甜食爱好者，这会儿正当场把所吃食物的信息输入电脑。

我冷眼环视了一下店内。这里的陈设以黑白为基调，很朴素，比起有些童话感的外部装潢，内部则感觉很雅致。透过展示柜对面的玻璃幕墙，能看到厨房一角。穿厨师服、戴厨师帽的男子好像正在拉面团。说不定他一整天都在毫无意义地拉着面团，只为做给顾客看罢了。

正对入口的墙上有两扇白色的门。一处是洗手间，另一处写着“STAFF ONLY”，估计是通往员工休息区的吧。

小佐内同学一直驻足在展示柜前。我有些奇怪，她应该早就想好要点什么才对。那她到底在发什么愁呢？我想去一探究竟，但刚挺直身子，小佐内同学就跟店员说起话来。看来她终于决定了。

来到桌边的小佐内同学表情异常严肃。她愣愣地微低着头，仿佛正在为人生抉择而烦恼不已，有种不知如何是好的感觉。

“出什么事了吗？”

我不由得问道，于是她回给我一个无力的微笑：

“有点麻烦。”

在椅子上坐下后，小佐内同学缓缓地转着脑袋，像刚才的我一样环顾店内，接着忽然皱起了眉头。她似乎是发现了什么，但我没找到可能会令她不安的东西。难道我看漏了什么吗？这么一想，我也开始不安，于是再次四下观察起来。

从目光的高低与朝向来看，令小佐内同学的表情发生变化的并非内部装潢，而是其他顾客吧。比如，离我们最近的座位有三个中年女人正围着桌子谈笑。她们也点了马卡龙与红茶的套餐，每人面前都摆着茶壶茶杯茶匙、放砂糖的小罐、牛奶罐，还有盛着五颜六色马卡龙的小盘子。看上去没有任何可疑之处啊……不，真的没有吗？

“果然，没有。”

小佐内同学的嘟囔给了我灵感。对了，那三人组的桌上少了该有的东西。别人不给提示，自己就想不到——我一边对此心生不甘，一边说：

“嗯，没有擦手的东西呢。”

小佐内同学沉默地轻轻点头。

湿毛巾也好，湿巾也好，餐巾也好，统统没有。

“是店员忘了给吗？”

听到我这句话，小佐内同学微微摇了摇头：

“这种店还挺多的。越是高级的，或者想让顾客觉得高级的店，就越不会提供湿毛巾。据说这是为了营造地道的氛围，湿毛巾的出现会显得太日式。”

不是吧。

“营造地道的氛围吗……”

若是出于这种理由，也算是不得已而为之吧，但小佐内同学可没管我怎么想，十分干脆地说了句：

“在这方面，我就喜欢日式的。”

她的心情我也很理解。如果只有饮料或蛋糕那倒也罢了，但马卡龙这种直接用手拿的食物还是挺让人在意卫生问题的。小佐内同学从座位上站起来，说：

“我去洗洗手。”

“嗯，我也要洗手。轮流去吧，我先看着东西。”

“多谢。”

不过，洗手间似乎已经有人了，她站在门前。她的背挺得笔直，站姿很优美，但毕竟是小佐内同学，所以看起来就像在待不惯的店里浑身拘谨的小朋友似的，不禁让人心生怜惜。

别着“实习生”徽章的店员走了过来，单手托着托盘，鞠了一躬说道：

“让您久等了，这是茶与马卡龙套餐。”

小佐内同学的座位上放着包，店员应该明白这里有两个人，但对方毫不犹豫地将茶具摆在了我面前，再将盛着马卡龙的小盘子稍微转了转，放在了桌上。

我当然听说过马卡龙这个名字，也见过照片，但这还是我第一次近距离看到它。小佐内同学若是知道这事，不知会如何评价，一想到这里我就有点害怕。或许因为我所见的照片多数都是特写，以至于对它的体积没有概念。因此提到马卡龙，我总有一种彩色汉堡包的印象。两个扁平的半球状烤制点心夹着馅儿——这形式本身的确有点像汉堡包，但像这样把实物摆在面前之后，我发现两者的尺寸真是天差地别。三个可能不行，但两个应该足以并排排在掌心上。

偏红的那个橙色的应该是柿子口味。鲜黄色的是香蕉，焦茶色的似乎是可可。从我的角度看去，这三个马卡龙呈倒三角排列。靠近我的是柿子，稍远的是香蕉与可可。柿子马卡龙是将柿子掺入烤制的外皮，而不是以柿子为馅料吗？也有可能馅料与外皮都掺进了柿子。

我很想摸一下，但毕竟还没洗手，所以有点犹豫，于是决定先倒红茶。我拎起茶壶正想试着从高处往杯子里倒茶的时候，店员再次走了过来。

“让您久等了。”

这回是小佐内同学点的套餐。对方将小盘子转了转，慢慢地放到桌上。在甜食爱好者看来，甜点被轻轻置于眼前的那个瞬间应该是十分令人欢欣雀跃的吧，但遗憾的是，小佐内不在座位上。我往洗手间方向瞟了一眼，不知什么时候门前已空无一人。店员摆完餐品离开后，我目送着对方绕到了展示柜的里侧。

我往杯子里倒满红茶。本来想加糖的，但因为不知道马卡龙会有多甜，我决定吃过一口以后再做判断。我虽没那么喜欢甜食，可还是有点兴奋。让我们瞧瞧，那位小佐内同学如此期待的Pâtisserie Kogi的马卡龙，到底如何呢?

这时，音乐突然响了起来。

那是铜管乐器发出的高亢乐音。旋律是《啊！牧场上绿油油》。我扭过头，想看看是怎么回事，只见玻璃窗外马路对面楼房的墙上，装饰大钟的人偶们动了起来。时针指向了五点。长得像地精似的白胡子人偶们在机关的带动下缓缓地挥斧劈柴。即便隔着马路和窗玻璃，那声音也大得吓人。然而，我静下来看看周围，并没有其他顾客因这声音而受惊，所以这大概是当地人都很熟悉的报时方式。

明白了这并非什么异状之后，我怀着九分安心与一分羞涩，转过身子重新坐好。这时，洗手间的门正好打开，小佐内同学走了出来。从时机上说，她应该没瞧见我被大钟的声响吓到的样子。

小佐内同学像是难以按捺从心底奔涌出的期待与喜悦，大概是在努力憋笑吧，以至于嘴角都微微颤抖着。我想等她回到桌边再去洗手，便继续坐了一会儿。

然而，就在离桌子只有一步之遥时，小佐内同学停了下来。她冲桌上盯了好久，然后看看我，接着又看看桌上，说：

“这是……小鸠同学干的？”

我不明白怎么回事，便顺着她的视线看去。桌上摆着和我相同的茶与马卡龙套餐的餐品——茶壶、茶杯、茶匙、砂糖罐、牛奶罐、盛着马卡龙的小盘子……

“咦？”

马卡龙跟我的不一样。绿色的、茶色的、黄底白色大理石花纹的、桃与白双色的。口味当然不一样，可问题不在这儿。

“有四个呢。”

“有四个啊。”

“你点的是？”

“三个。”

“这里呢？”

“有四个啊。”

奇怪了。

3

有首歌唱的是:往口袋里放进饼干，敲一敲，饼干就会增加。我不记得自己敲过什么，但小佐内同学盘子里的马卡龙的确增加了。

看上去，小佐内同学并不高兴。可不是吗？哪怕是期待已久的马卡龙，她肯定也不愿意把这凭空出现的东西塞进嘴里。搞不好是掉在地上的呢。

“店员说过什么吗？”

“什么也没说啊。”

“以防万一，我再问一遍，这不是小鸠同学干的，对吧？”

她会起疑心也很正常，毕竟我离它最近。

“嗯。再说，马卡龙也不能单卖，我不能只买一个。”

小佐内同学埋下脑袋,“嗯”地低吟了一声。

我曾经热衷于解谜。因为太过热衷，甚至对人际关系都产生了一些影响，所以我暗下决心，期望自己今后别再自作聪明。但即使忽略这种期望，我也不会去思考为什么小佐内同学的马卡龙会多了一个——因为我只觉得，这单纯就是店员弄错了。

“把店员叫来问问吧。”

没等小佐内同学答复，我便抬起了手。此时——

“等等。”

小佐内同学的声音很轻却尖利。

“等等……我不觉得是店员弄错了。”

的确，如果十个马卡龙变成了十一个，或许还能算是单纯的失误。但很难想象，会有店员连三个变成四个都没注意到。然而，这世上有许多事都会令人匪夷所思，所以我觉得最好先跟店员确认一下。

“为什么不能叫店员来呢？”

我老实地问道。小佐内同学面露难色。从她那纠结的表情中，我觉察到一种“你怎么连这么简单的道理都不懂”的不耐烦，和“我也不知道怎么解释才好”的焦躁。

“其实呢……我觉得，当然存在店员弄错了的可能性，但是这可能性相当低。”

我点头表示赞同。

“然后，假如不是店员弄错了，那就是某人放进去的，对吧？对方是抱着某个目的而采取了这种行动。”

“嗯，应该是吧。”

“这样的话……要是贸贸然叫来店员，会不会就正中了某人的下怀呢？”

我憋住了苦笑。是不是该说，这思路非常小佐内呢？

就像我期望矫正自己那动不动就爱推理的毛病，小佐内同学也总想压抑自己的天性。我们曾彼此发誓，要相互监督、相互帮助，成为心平气和、人畜无害、“趋逸避劳”、自食其力的小市民。可即使已经发了誓，小佐内同学对于毫不知情地被人玩弄于股掌之间这回事，是无法容忍的。

这强烈的自尊心跟我们相互约定要矫正的天性没有直接联系。所以，我并未对她说什么“你不该如此意气用事”。难得放学后赶来甜品店，面对心心念念的马卡龙却被泼上一盆冷水，她的心情也不难体会。即便她说她不想配合某人设下的诡计，我也不会去责备或是阻止。

“原来如此，我明白啦。那就把‘叫店员’这个选项留到最后吧。”

小佐内同学冲我点了点头。

我再次看向那四个马卡龙——绿色、茶色、大理石花纹以及双色。我和小佐内同学是面对面坐的，从我这边看过去，小盘子里最靠近我的是双色的，接着是并列着的大理石与茶色马卡龙，离小佐内同学最近的是绿色的。也就是说，这四个马卡龙构成了一个纵向较长的菱形。

“那么，多出来的是哪个呢？”

我随口问道。在这家店里，顾客可以指定三种口味。小佐内同学在点餐之前就选了三种，更确切地说，她就是为了品尝它们才来了名古屋，所以哪个是自己点的，哪个不是，她应该立刻就能分辨出来。

然而，小佐内同学盯着眼前的马卡龙，半晌没说一句话。过了一会儿，她缓缓地抬起手，指着绿色的那个说：

“这是开心果味的。它是九月开始销售的秋季限定商品，所以应该会卖到十一月。”

接着，她把手指移向茶色的那个。

“这个你知道的，栗子。他们用的是长野的栗子，距离最佳的上市季节还有点早，不过也算是秋季限定的。”

对大理石花纹的那个，她说的是：

“椰子木瓜味。虽然是夏季限定商品，但听说会卖到九月底。如果说栗子是秋季的前奏，那它就是夏季的余音。”

最后，她指着双色的那个说：

“这是Kogi。”

“小麦？”（注：“小麦”的日语发音为komugi。）

“不，是Kogi。它是Pâtisserie Kogi特有的口味，等于这家店的代名词。”

关于这几种口味，我都了解了。然而我想知道的是，哪个才是她没点的马卡龙。就在我张口打算再问一遍的时候，我注意到了萦绕在小佐内同学眉间的苦恼。莫非……

“你忘了自己点的是哪几个？”

一段沉默的空白。

“嗯……”

“怎么会这样？”

小佐内同学用炽热的目光注视着马卡龙，仿佛如此便能参透真相似的。她回答道：

“今天，我本来打算尝尝开心果、栗子、椰子木瓜和柿子口味的，但我真正想吃的是Kogi。这款马卡龙造就了青年古城春臣的成功，时常和Pâtisserie Kogi这个店名一起被提及，我对它很感兴趣呢。但是因为它所用的食材很难进到货，所以Annex Ruriko这家店应该还处在备货期间。我想的是，今天就先尝尝季节口味的，等哪天开始销售Kogi了，再来也行。”

这下，我总算明白为什么小佐内同学刚才在展示柜前花了那么多时间了。目睹本不该出现在商品行列中的最爱，她的计划被打乱了。

“我烦恼极了。如果要从本打算点的三种里剔除一种，那我会选椰子木瓜口味。但这是夏季限定的，下次来的时候恐怕就没有了。从这个角度说，开心果和栗子也是季节限定的。至于Kogi，我明白，只要能搞定食材，它应该会成为常规商品。一边是总有一天能顺利买到可现在就想吃的Kogi，一边是跟Kogi相比都能忍，但或许过了这个村就没这个店的三种季节限定，我一时间搞不清到底该怎么取舍了。”

小佐内同学双手抱头。

“毫无疑问，点餐的人是我。我太期待了！但是，现在就连我自己都不清楚放弃了哪种……”

“小佐内同学。”

你也不用悲怆成这样吧……

总之现状已经明了，我们没法跟店员确认，她也想不起来。

某人给小佐内同学多加了一个马卡龙，而她不想顺了对方的意。这么一来，我们必须弄清楚：是谁，为什么放了一个马卡龙。不过话说回来，查明四种马卡龙里哪个是多出来的，才是最该做的第一步吧。

要怎样才能找出那不期而至的第四个马卡龙呢？

我琢磨着，观察能力是解谜的关键。

“是某人在我这摆了三个马卡龙的盘子里放上了第四个……”

小佐内同学沉下声音，开口道：

“还是将摆了四个马卡龙的盘子跟我的盘子对调了呢？我不在现场，所以想象不出来。小鸠同学，你觉得呢？”

咦？

小佐内同学与我缔结了这样的互惠关系：为防止流露坏习惯而相互监督；为不必流露坏习惯而相互帮助；把彼此当作借口远离麻烦事。对照这项约定，小佐内同学提出这种问题，真的好吗？

好吧，大概，没问题吧。毕竟这里也没别人，而且这么点小事甚至都算不上推理。我稍稍思考了一下，说道：

“我认为，应该不是后者吧。在后者的情况下，除了第四种马卡龙，其他三种要跟小佐内同学点的餐一样，这种偶然性的概率实在太低了。假如不是偶然，就只能认为是掌握了你点餐内容的人谋划了这件事，而这人只可能是接受点餐的店员。但店员并没有理由多送你一个马卡龙，即便有，应该也会告知一声才对。”

小佐内同学似乎也想到了这一点：

“就是啊。那么，果然是有人往我盘子里放了马卡龙吧。存在这种机会吗？”

“我并没有一直盯着你的马卡龙。虽然我一直留意着有没有人顺走你的东西……”

只是，小佐内同学的座位就在我的正对面，一般情况下，我不想看也能看见。要是现在有谁往她的小盘子里放进第五个马卡龙，我是不可能看漏的。只要没有什么让我转移注意力的缘由，应该没有人能实施这场恶作剧。

这么一琢磨，我能想到的只有一点了：

“小佐内同学起身去洗手之后，店员先端来了我点的套餐。过了一会儿，你那份也来了。我不记得这个时间点有几个马卡龙。之后，突然响起了报时。”

“报时？”

“就是那个啦。”

我指了指自己背后，装在马路对面那幢大楼上的大钟。

“一到五点，那个钟就用超大音量奏起了《啊！牧场绿油油》。我吓了一跳转身去看，看见小人偶劈着柴，动作很灵活，所以我就看了一会儿。”

我顿了顿，补上一句：

“要说下手的时机，只有那个时候。”

小佐内同学呆呆地愣了几秒，突然，她脑袋一歪，说道：

“我总有种杂乱无章的感觉。”

“杂乱无章是指？”

“我去洗手是偶然，小鸠同学扭头去看报时也是偶然。也就是说，犯人是偶然觉察到时机成熟，冲动之下往我盘子里放上了马卡龙……看来，对象是不是我都无所谓。”

既然报时的音量如此之大，那么对方应该已经推断出我有极高的可能性会转身向后看。但马卡龙会在五点前送来则纯属偶然，因此小佐内同学提出的“冲动犯罪”一说是站得稳脚跟的。

“然而，事先准备好的第四个马卡龙又让人感到了对方的计划性。一对比，我就觉得有些杂乱无章了。”

经她这么一说，我确实觉得前后对不上，有种微妙的不协调感。小佐内同学沉思了一会儿，仿佛在努力解读那尚未谋面的马卡龙乱扔狂的心态，然而最终她短促地叹了一口气，说道：

“但是，暂且把这搁一搁。”

她说道：

“得先把那第四个马卡龙找出来才行……”

“是呀，从这一点出发比较妥当。”

“不然所有马卡龙都吃不了了。”

啊，这也是一个问题呢。

小佐内同学又盯着小盘子看了起来。

“如果对方是钻了小鸠同学的空子放上了马卡龙，那应该是离你最远的这个……吧？”

小佐内同学指着开心果味的马卡龙，但她似乎十分清楚这依据有多单薄，话语中透着十二分的不自信。我也没有在乎这一点，只是说：

“我觉得光想是不会有结果的，得观察。”

“观察？”

说实话，我已经注意到了能判断出第四个马卡龙的重要线索。立刻说出来倒也无妨，但我也想让小佐内同学瞧一瞧这线索，于是开始寻找时机。

此刻，一名店员正托着放了茶与马卡龙整套餐品的托盘走向顾客。我悄悄伸出食指，示意小佐内同学将注意力转向店员。

“让您久等了。”

顾客是两位年轻女子，大概是公司职员，两人穿着类似的西装套裙，正用充满期待的目光注视着餐品被摆上桌面。店员依次放下了茶壶、茶杯、牛奶罐与砂糖罐，最后将小盘子转了转，轻轻地放在桌上。见那二人笑容满面，小佐内同学扭头面朝我，问道：

“每次都是那样吗？”

到底是小佐内同学，她似乎马上就觉察到我想说的话了。

“嗯。一直都是那样的。”

我们说的是转盘子的动作。摆上桌之前，店员每次都会转动盘子。

这是因为需要转盘子，意思就是说，盘子是有既定朝向的。这应该是为了将马卡龙最美的一面呈现给顾客，而确定的摆盘方式吧。

现在我们看不见店员放下的马卡龙是怎样的朝向，也没必要看。既然朝向是定好的，那么我这小盘子的摆法肯定是正确的。再说了，我正等着去洗手，马卡龙连同这盘子我都没碰过。

以上理由都不用我说，小佐内同学已经凝视起我的马卡龙来。在我面前的小盘子里，离我近的是柿子口味，远的是香蕉与可可口味，在我看来形成了一个倒三角。如果这家店的摆盘规矩是要让顾客看见一个倒三角的话，那么第四个马卡龙也就一目了然了。

“是这个吧？”

小佐内同学用右手伸向那个粉与白构成的双色马卡龙，即作为古城春臣代名词的Kogi。

“我果然放弃了Kogi呀。总有一天能顺利吃到嘛，这选择也是顺理成章呢……”

我真想叹气。

我的确发过誓要成为小市民，也没想过要打破这誓言。可在小佐内同学身陷困境时，我没能仅凭思考与推理帮到她，而是将观察作为解决手段，这多少让我感到有些遗憾。虽不至于说，人总能通过观察轻易地看透真相，但至少以目前的观察来看，这次应该不会出现什么超乎想象的状况吧！

小佐内同学拿起Kogi。

突然，机敏的神色重新回到了她的脸上。她停住手，然后慢慢地上下晃动Kogi。

“怎么了？”

难道这是在对玷污了神圣马卡龙盘子的异物Kogi实行某种惩罚仪式吗？我十分纳闷。小佐内同学当着我的面又将Kogi晃动了几次，接着用左手拎起开心果味的马卡龙，同样晃了几下。然后，她有些茫然地喃喃道：

“好重。重心不对劲。”

“马卡龙的重心吗？”

小佐内同学放下开心果味的马卡龙，将Kogi置于掌中。犹豫片刻之后，她痛心疾首地将马卡龙上半层的烤制外皮掰开。

“这是干什……”

我不由得把后半句吞了进去。

第四个马卡龙里不止有巧克力。那里面，还有一枚戒指，正在灯光下闪着金色的光辉。

4

Pâtisserie Kogi Annex Ruriko的顾客络绎不绝。和谐的笑声、陶器相碰的轻响、叉子抵上盘子的尖锐声响传入耳中。被抛到脑后的甘甜香气也仿佛重新在鼻腔中苏醒了。

马卡龙里有一枚戒指……真是超乎想象。

我们稍微花了点时间去消化眼前的状况，先回过神来的是小佐内同学。

“反复盘问你实在不好意思。这应该不是你送我的什么时髦的生日礼物，对吧？”

“都说了不是啦。直到在电车里问你之前，我都不知道要来吃马卡龙，再说了，我压根儿不知道今天是小佐内同学你的生日啊。”

小佐内同学摇了好几下头。

“不，今天不是我生日。”

喂，提到生日的可不是我啊。

小佐内同学继续投来怀疑的目光，说：

“但是对小鸠同学绝不能掉以轻心，说不定哪里就隐藏着推理的线索呢。”

“谢谢你的抬举，不过我没这么厉害。”

“我可不是在夸你……”

不是在夸我啊……

我暂且抛下这个话题，重新端详起马卡龙里的戒指。这是一枚金色的戒指，牢牢地埋在巧克力中。单从侧面观察无法辨别宝石的种类。这是便宜的玩具，还是货真价实的金戒指——我鉴定不了。但既然有可能是高档货，那么事态就有点严重了。

“幸好没有贸然行事呢。”

小佐内同学冲我点点头以示赞同。极端地说，如果只是马卡龙，那多一个少一个都不算什么大问题——撇开小佐内同学的个人感觉的话。然而，加上了金戒指，搞不好还有可能发展成刑事案件。小佐内同学那不想被人玩弄于股掌之间的意气用事往积极的方向倾斜了。

“这要怎么办？”

小佐内同学竖起食指——

“交给店员。”

接着竖起中指——

“交给警察。”

然后，又竖起无名指——

“什么都不做，随它去吧。”

最后竖起小指——

“揣自己腰包。”

“这怎么行啊！小市民可不能这么干！”

“只是列举选项啦。”

她把头扭向一边，扫兴地说道。她的侧脸上有一道不知从哪里反射过来的光。不过没照到眼睛，她似乎没觉察到。

“在决定怎么办之前，我认为需要先大致弄明白，为什么我的盘子里会有戒指马卡龙。”

“是啊。首先，要知道马卡龙的来路吧。”

“嗯。”

直到刚才，我们都还没把第四个马卡龙的来路当作一个问题。毕竟是在卖马卡龙的甜品店里多了个马卡龙，不管出于什么原因，都应该是店里的商品吧。然而，现在情况变了。

“这个马卡龙是这家店的商品，还是某人在自己家里做好了带过来的呢？”

听我如此一问，小佐内同学将先前掰下来的那块烤制外皮举到眼前，以老鹰看猎物般的目光盯向它，说道：

“裙边烤得很漂亮，外观也抓准了特征，大小都一样，所以当然不可能是门外汉做的，而且也不会是外部的甜点师做的。”

“裙边？”

“就是马卡龙下侧，把泡状的蛋白酥皮烤硬之后出现的部分。门外汉很难烤得出来。而不同的店铺，裙边的做法也各不相同。这圈朝上的裙边，跟Pâtisserie Kogi其他马卡龙的特征是一致的。”

说着，她把这部分展示给我看。

虽说是个小细节，但我姑且看了一眼。

“小佐内同学，你现在拿着的是马卡龙的外皮，或者说是烤出来的点心的一部分对吧？”

不料，小佐内同学换上了一副极其认真的表情，跟刚才在快速电车里时一样。

“这才是真正的马卡龙。”

她一边给我看烤制外皮，一边说：

“如今我们见到的这种以两块马卡龙夹着甘纳许（**注：一种由巧克力和鲜奶油组成的一种柔滑的奶油**）之类的填料构成的所谓马卡龙，正确来说应该是‘用马卡龙制成的点心’，俗称巴黎马卡龙。发明出这种形式的是著名的……”

“橄榄树的甜料？”

“甘纳许之类的填料，翻译成小鸠同学能听懂的语言就是：巧克力之类的馅儿。”

多谢讲解。

总结一下她刚才那番话就是——

“制作这个戒指马卡龙的，肯定是这家店的内部人员，对吧？”

“嗯。况且，Kogi本来就是这家店的特色。”

照这么说，就出现了一个无法忽视的可能性：

“会不会是发生了事故呢？甜点师戴着戒指制作马卡龙，然后戒指掉到巧克力……甘纳许……填料……里了。”

“太麻烦了，我们就统一叫甘纳许吧。”

小佐内同学先声明了一句，然后思考了一会儿，说：

“倒也不是没有戴着戒指工作的甜点师。不过据我所知，是没有戴戒指做点心的日本甜点师的，但我觉得，或许法国人之类的会这么干……但甘纳许应该是从裱花袋里挤出来的。就算戒指真掉进去了，应该也会卡在袋口才对。”

“你是说，事故的可能性不大？”

她点了点头。

那么，戒指果然是被谁故意塞进马卡龙的。此人这么做到底有什么理由呢？

至少，我只想得到一个：

“那么，会不会是有什么必须把戒指藏起来的理由，而手边只有刚做好的马卡龙……之类的。”

我脑中出现的是这样的场景：小偷被警察追赶，就在快被抓住的前一秒，他将戒指藏进马卡龙，然后表示“我身上可没什么戒指”，大摇大摆地接受搜身检查。

但小佐内同学似乎在考虑另一件事，她丝毫没搭理我，而是再次把手伸向开心果味的马卡龙。

“对不起呀，我的马卡龙……”

她嘟囔着，打算掰开马卡龙。

但令人意外的是，她居然没掰开。很快，烤制外皮的表面裂开了缝，只有上面的一层薄皮被扒下来了，但海绵状的部分还是紧贴着甘纳许。

小佐内同学用哀伤的目光注视着变得残破不堪的马卡龙，呢喃道：

“果然，马卡龙一般是掰不开的呢。”

“是粘在一起的吗？”

“不是。用两块马卡龙夹起甘纳许之后，得在冰箱里放一整天，而在这个过程中，甘纳许会慢慢跟马卡龙融为一体。吃之前，就算放回常温，两者也不会分开。斜着放也好滚动也好，我从没见过马卡龙会因此而脱落。”

居然还滚过它啊。不过，毕竟是能滚的形状，我倒也能理解她那种想滚滚看的心情。

“只给下层的马卡龙挤上甘纳许，一天后再盖上上面那层的话，应该会比较好掰。也就是说，这个马卡龙是故意做成这样的。”

为什么？

这还用说吗？

当然是为了让人容易发现，并且容易取出这枚戒指。用平常的做法往马卡龙里塞进戒指的话，不把它大卸八块可拿不出来……那也就是说——

小佐内同学抢先把我想到的话说了出来：

“也就是说，这个马卡龙是被当成戒指盒而特别制作出来的。”

并非事故，也并非用于藏匿，而是为了装戒指专门制作了一个马卡龙。从逻辑上来说，就是这么一回事。

但是，真有这样的事吗？往食物里放金属，总觉得挺异常的。小佐内同学大概是看出了我脸上无法释然的表情，补充说明了一句：

“这并不稀罕。比如，法国人会往国王饼里放小瓷像，英国人会往圣诞布丁里放戒指或是顶针，美国人会往幸运饼干里放福签。”

“这里可不是法国哦。”

“但，这是法式甜品店。”

好吧，反对西式甜品店秉持西洋习俗，确实也不太合适吧。

假若小佐内同学的说法是正确的，那就意味着某人打算送戒指给另一个人，为此选了马卡龙作为容器。虽然手段清奇，但从另一方面说来，确实也非常浪漫。戒指恐怕挺贵的，在没造成麻烦之前还是还回去为好。可赠送戒指的人是谁呢？

“这肯定是特别订制的吧。某位顾客订了一个装戒指的马卡龙，但这订制品被错放到我的盘子……”

讲到一半，小佐内同学就开始含糊其词。很难说这是店员的单纯失误——大概她回想起了这一点吧。没错，这戒指马卡龙会在盘子里并非误打误撞，而是出于某人的意志。

而且，还有一个可能性是小佐内同学没考虑到的：

“并非仅限于顾客的订购哦……说不定是店铺内部人员的私事。”

虽说马卡龙是店里的商品，但不代表所有马卡龙都必须是商品。有可能这家店里的某位甜点师私自做了一个马卡龙，把私有的戒指放了进去。

小佐内同学点了一下头，问道：

“这我没想到。小鸠同学，你觉得是哪种呢？顾客特别订制的，还是店里人的私有物？”

我抱起手臂。虽然直觉上已有了答案，但能不能证明得了呢？我伸手端起红茶，抿了一口。茶已经有点凉了。

“假如是特别订制的，我觉得应该存在三个问题吧。”

“居然有三个？”

“嗯。”

我放下茶杯。有什么东西闪了一下，晃了我的眼睛。我正想着是什么，但那光很快就消失了，便没在意，继续说道：

“第一，顾客需要把戒指寄存在店里。店家通常不愿意接纳高价的东西吧，这儿又不可能有保险柜。”

小佐内同学一脸吃惊地说道：

“嗯，听你这么一说，的确是。店家肯定不希望寄存这种东西。”

“第二，有可能发生误食。再怎么说是受顾客所托，可真有店家会做这种买卖吗？小佐内同学刚才说的那个国王……什么来着的，我也见过那东西的宣传单。但我记得上面写了，小瓷像是另外附带的。”

“是啊。在日本的话，会这么做的店比较多。”

“毕竟这本来就不是日本的风俗，再怎么强调‘里面有人偶’‘别吞下去’，要是真有人不小心吞下去，受了伤得了病，店家可是会被问责的嘛。所以另外附带小瓷像算是情有可原。同样的道理放在这个戒指马卡龙上也能说得通吧。”

“我倒觉得，在这种时候不能算是店家的责任……”

小佐内同学嘀咕着，轻轻点了点头。

“不过，我懂你想说什么。”

“然后，第三。这个问题就很简单了。这家店的马卡龙外带服务还在准备期间。当着其他顾客的面，只有特别订制品能外带，这或许有点不公平吧。”

对此，小佐内同学似乎并未积极地表示赞成，什么话也没说。

尽管我列举了三个问题点，可实际上在说的过程中我也意识到，或许它们都不算什么问题。

“但是，怎么说呢。只要店家做出了容易掰开的马卡龙，顾客能自行放进戒指的话，第一和第二个问题大概就能迎刃而解了吧。”

我以为讨论又要退回起点了，可是——

“啊，我觉得这不可能。”

小佐内同学干脆地说：

“这枚戒指深深地埋进了甘纳许，而甘纳许和马卡龙都没有裂痕。所以它应该是在制作中途，趁甘纳许还很柔软的时候被放进去的。”

这我倒没注意。看来综合两个人的观察会更周密。

“那么这样就说明，戒指马卡龙果然不是顾客的特别订制品，而是甜点师的私有物了吧。说实话我还没想通，如果是特别订制品，要怎么把它从厨房拿到这里来。”

因为，这Pâtisserie Kogi Annex Ruriko的店堂对厨房可是一览无

余的。虽说不是完全没有死角，但要在众目睽睽之下偷出特别订制品放到小佐内同学的盘子里，实在是难于上青天。

“如果是私有物，那可就简单多了。”

“嗯。”

小佐内同学好像也立刻明白了。不过为了整理自己的思路，我继续说道：

“我不认为对方会把私有的戒指马卡龙放在厨房的业务用冰箱里，应该是放在工作人员休息室的冰箱里吧。”

这家店的甜点师将戒指马卡龙放在工作人员休息室的冰箱里，而某人将其偷出，趁我被大钟的报时吸引了注意力的间隙放到了小佐内同学的小盘子里。虽说这个解释还存在不少疑点，但跟一开始的混沌状况相比，现在脉络已经清晰了很多。

“依你看，为什么甜点师要把戒指带到工作地点来呢？”

听我这么一问，小佐内同学脱口而出：

“因为送戒指的对象也在这家店里。虽然跟家的远近也有关系，但我想，等这人下班后回家拿了戒指再回来交给意中人会比较困难。”

“是啊，我也这么想。”

当然，把戒指放在不上锁的工作人员用的冰箱里会有被盗的风险。事实上现在已经被盗了。虽说是物主自己不小心，但或许物主也没想到，有人会看穿马卡龙里有戒指这回事吧。

小佐内同学已经洗过手，却并不打算对马卡龙出手。从我一直以来的经验推测，她并不想一边推理，一边吃，而是希望能在一心一意的状态下享用。她端起茶壶，慢慢地往茶杯里倒进红茶，含上一口，喝下。然后，她皱起了眉头。平时她可要加够了糖的，这次却忘了。她叹了一口气，说：

“这下，你应该也知道这个马卡龙是谁做的了吧？”

“啊？”

什么知道不知道的，我可完全不清楚这家店里能称得上“嫌疑人”的甜点师有几个，都姓甚名谁。在这种状态下要我给出正确答案也太不合理了，不，应该说，根本不可能。还是说……啊，对了，小佐内同学可是很厉害的，说不定她还带着甜点师的名单。不，这也很奇怪，她今天应该是第一次来，况且现阶段我没任何证据能断定还有名单这种东西。

看着陷入混乱的我，小佐内同学怪异地歪起脑袋问道：

“你怎么了？”

“不，那个……我应该不知道那个制作戒指马卡龙的人吧。”

“刚才我不是讲过课了吗？”

响起一记生硬的“咔嚓”声，茶杯被搁在茶托上。

“放了戒指的马卡龙是Kogi，它是Pâtisserie Kogi的创始人——古城春臣的代名词。既然要赠送戒指这种有着特殊意义的东西，肯定不可能选冠了他人之名的马卡龙啊！所以，这枚戒指的原主就是古城春臣。你想想啊，小鸠同学。如果是除他以外的人，就变成用冠了自己老板姓名的马卡龙作为容器，送别人戒指。这样的事，是绝对不可能的吧？”

5

“等等。”

我想进行无谓的抵抗：

“古城春臣不是在东京吗？”

“小鸠同学，古城春臣的工作地点确实是在东京，可这世界上有种东西叫新干线，如果有需要，他也能来名古屋。”

我被一击撂倒。

小佐内同学拿起掰开的Kogi，目不转睛地盯着它，说道：

“假如是古城春臣来了，那么我也就可以理解，为什么本来没能备好食材的名古屋店今天却出现了Kogi。既然名古屋做不了Kogi，那只能认为，这些是从东京拿来的成品。我想，应该是古城春臣为了给新店提供一些Kogi而亲自带来的。这会儿，他可能是外出办事去了，所以不在店里，比如说为了Kogi的食材而去谈进货什么的。估计是因为这些事，他才会考虑在打烊之前回到这里，把戒指送给意中人吧。”

“而他来名古屋的主要目的是给某人送戒指？”

“主要目的可能是来吃名古屋特产的鳗鱼饭……”

总之，几个有可能的目的之一，是送戒指。

能以名为Kogi的马卡龙作为容器，赠送戒指的甜点师非古城春臣一人莫属——以我的思考方式是绝对得不出小佐内同学的这番见解的。对此我的心情很复杂，但还是不得不予以赞同。事件发展至此，我们这道法式推理大餐终于上了主菜，即——

“那为什么这枚戒指会被放到小佐内同学的小盘子里呢？”

有了之前的基础，现在我稍微也能找出这个问题的答案了。

“一般说来——”

小佐内同学说道：

“是为了防止古城春臣赠送戒指。再说明白点儿就是，为了妨碍他的恋情。”

“恋情啊……”

一旦扯上这个关键词，那么涉事人员欠缺合理性的行为便会令推理难以推进，多数时候会导向不得已的结局。这下恐怕有点棘手。然而，毕竟都走到了这一步，半途而废可就前功尽弃了，况且还得给戒指做个善后才行。我短促地吐了一口气，提出了论点：

“如果是为了防止他送戒指，那偷了也就够了，为什么还要放到小佐内同学的盘子里呢？现在这东西出现在顾客的盘子里，反而变得更加复杂了。”

小佐内同学沉默地点了点头。

“所幸你发现得及时，如果你一口吃了下去，那就要引发食品安全纠纷了。这对刚开张的店铺来说会导致致命性的差评，上新闻的话连东京店都得遭殃。与其说犯人的目的是妨碍古城春臣的恋情，不如说是要毁掉这家店吧。”

小佐内同学仍然沉默不语，她从砂糖罐里舀了两勺糖放进茶杯，像拖延时间一般慢慢地搅拌，喝下一口后，仿佛颇为满意地微微一笑。

“要是真有人吃下了戒指马卡龙，的确会引起轩然大波呢。”

说着，她放下茶杯。

“不过，事实上我并没有吃下去。即便不是我，别人估计也不会吃。三个马卡龙变成四个，应该不太会有人高高兴兴地把它塞进嘴里的。”

虽然我觉得小佐内同学倒像是会吃的样子，但是当亲眼看见她没吃的情景，我意识到——我会这么想，说明我对她或许还是存在着些许偏见的。

“假如犯人想利用古城春臣的戒指，通过让顾客吃下带有异物的马卡龙，以此摧毁这家店的话，就必须换掉某位顾客盘中的Kogi。即便没有这样的机会，至少也该换掉三个马卡龙中的一个。然而犯人却只把戒指马卡龙作为第四个放在了盘子里。”

“嗯。”

“这人的头脑也太简单了。”

她的声音让我感受到了某种阴暗的味道。

“那么我们还是应该认为，犯人的目的只在妨碍古城春臣的恋情这一点上吗？”

小佐内同学的头摇得像拨浪鼓。

“真想妨碍的话，何必多此一举把戒指马卡龙放到顾客的盘子里？从马卡龙里取出戒指带走，这么做效果更好。或者干脆踩烂了，随地一丢还能得一百分。但犯人也没这么干。把戒指马卡龙放到顾客盘子里——这种做法或许会引起种种纠纷，但这样做很可能会让戒指重新回到古城春臣手中，简直像是为了让事件圆满收尾而留下的一条后路。”

桌上有一道不知从哪里反射过来的光在不断移动。

“犯人选择了能对古城春臣和这家店一箭双雕的方案，所以我认为此人对这两边都怀有敌意。但这不是要置对方于死地、令其永世不得翻身的敌意，而是一种模糊的、像磨人精那般幼稚的敌意，就像犯人还没下定决心。”

小佐内同学的这段分析很接近我通过推理所得出的结论，我说道：

“犯人也没有什么自卫手段。既然能进入工作人员休息室的人是有限的，那么发生纠纷后，只要仔细调查是谁把戒指马卡龙拿给了顾客，迟早会发现是谁犯了事。可即使如此，犯人还是把戒指拿了出来并给了顾客，这说明，要么是顾头不顾尾的冲动犯罪，否则，就是罪行暴露遭到处罚也在所不惜的自爆行为。直到刚才，我还估摸着是前者，不过若是后者，我的看法与小佐内同学所谓的‘磨人精似的敌意’是一致的。”

说到这里，我稍微吁了口气，微微一笑。

“话说，古城春臣打算送戒指的对象，果然还是瑠璃子女士吧？全名叫什么来着？”

“田坂瑠璃子。她是古城春臣的左膀右臂呢。嗯，我也是这么想的。”

毕竟田坂瑠璃子是这家店的店长。就像把戒指放进Kogi的行为很符合古城春臣的身份一样，田坂瑠璃子也正是接受这Kogi的最佳对象。毫无疑问，犯人应该就是对古城春臣和田坂瑠璃子二人抱有敌意。

那么——

为什么小佐内同学的马卡龙增加了，而这马卡龙里为什么有一枚戒指——在推理出答案的当下，我认为我们能对戒指做的最好处置大概就是将其送回犯人手中，并装作从头到尾与己无关。交给古城春臣也行，但我们不认识他，万一被怀疑是我们偷的就更麻烦了。而交给店员的话，恐怕我们也会遭受无缘无故的怀疑，况且还有可能把古城春臣和田坂瑠璃子的关系捅得尽人皆知。一想到这说不定也是犯人的其中一个目的，我就有点犹豫要不要这么干。而直接带走的话……这果然不是小市民的做派。

“犯人……”

我开口道：

“是能进出工作人员休息室的人，而且不是这家店的工作人员。至少，今天不上班。”

小佐内同学点点头。

“不管怎么躲过小鸠同学的眼睛，都很难想象工作人员穿着制服来到店堂，往我的盘子里放进马卡龙这种行为。但是我想了想，有可能是负责上餐的店员吗？”

关于这一点，我好歹还有些记忆。

“报时响起的时候，店员正在展示柜的另一侧。若不是狂奔，应该是来不及的，要是真狂奔而来，我也会注意到。而且，对方没办法在工作中一直拿着戒指马卡龙。因为那条围裙没有口袋嘛。”

小佐内同学似乎很服气，没有反驳。

“犯人知道古城春臣今天会来名古屋，而且要么是已经知道他带了戒指来，要么至少是隐约有所觉察。”

“那么，戒指在马卡龙里这回事呢？”

“犯人有可能是知道的，但也无法否定另一种可能性，即犯人认为戒指放在某处，寻找之后发现在马卡龙里。不过，我想啊，哪怕不知道Kogi里有戒指，对方应该也明白古城春臣是那种追求浪漫的人。”

小佐内同学轻声呜咽了一下，用手指抵着嘴唇说：

“似乎是特别亲近的人呢。”

“大概是吧。除了田坂瑠璃子，还有没有跟古城春臣走得比较近的女员工呢？”

“员工？”

小佐内同学稍有点惊诧地抬高了声音。

“员工……是哦，有这可能。”

“你想到谁了？”

“不，没有。我想的是其他方向，所以只是有点吃惊。不好意思啊，你接着说吧。”

我有些好奇她所谓的“其他方向”是什么，不过还是顺着她的催促说了起来：

“好。嗯……再进一步说，犯人要么还在这店堂里，要么就在能看到整个店堂的地方。对方应该想静观事态的发展，最重要的是，如果犯人像小佐内同学所说，是以‘戒指早晚会回到古城春臣手里’为前提设了这个局，那么对方就得监视着，防止戒指真的被偷走。”

“……”

“对方是一个人。多于两人的话，应该就不会依赖报时八音盒这种不确定的手段，而能采取更切实的方法来转移我的注意力了。”

终于推理到这一步。

我迅速地环视店内，独自一人的顾客只有三位。

一位是穿着黑衣服的中年女子，戴着大颗珍珠项链，正心满意足地大勺舀着蒙布朗，略微发福。

一位是打开粉饼盒，像是心无旁骛地整理着刘海的女学生，看不出是初中还是高中。

一位是面对笔记本电脑的男子，单手拿着没剩几滴的冰咖啡，貌似是上班族。

这三人都离我们的桌子比较近。硬要说的话，中年女子略远一些，看上去她的蒙布朗也是刚送来不久，但是我不敢凭此就自信地把她排除掉。

“得想想排除法的条件呢。”

然而，小佐内同学直勾勾地看着我，脸上浮现假笑。

“谢谢，小鸠同学。都推理到这里，已经足够啦。只差临门一脚了。”

她拉开椅子站起来，拿着装了戒指的马卡龙，走向坐满顾客的热闹店堂。

她在那个女学生前面停下了脚步。不必竖起耳朵，我也能听见小佐内同学的声音——

“是古城小姐吧？我认为，搞恶作剧可不太好哦。”

6

坐到我们桌的这位女生自称古城Cosumosu，汉字写作“秋樱”，上初中三年级。她那染成栗色的头发是自来卷，脸上有雀斑，大眼睛骨碌碌的，但此时正无力地垂着眼帘。光说外貌的话，不管怎么偏袒，都是小佐内同学看起来年纪更小。但现在两人坐在一起，我只会觉得小佐内同学是高中生，古城小姐是初中生，实在不可思议。

“为……”

古城小姐刚说一个字就语塞了，在深呼吸一下后，她一口气说道：

“为什么知道是我？”

“你一直在偷听我们说话吧？”

小佐内同学严厉地说：

“从刚才开始，桌上也好，小鸠同学的脸上也好，一直有镜子的反射光在晃来晃去，搞得我心神不定。小鸠同学努力地完成了推理，说放了那个马卡龙的犯人正在窥视我们这边的状况，所以我立刻反应过来，是犯人在用镜子看我们。而且……我站起来的时候，你吓了一跳对吧？”

小佐内同学的这种直觉与行动力，我真是学不来。古城小姐哭丧着脸，肩膀也在颤抖。

“对不起。”

“为什么要这么做呢？那是你父亲的戒指吧？”

听到小佐内同学那仿佛教育孩子的口吻，我终于悟出她思考的“其他方向”指的是什么了。我以为，会干扰古城春臣与田坂瑠璃子的关系的人，是对田坂瑠璃子获得的信赖与爱情心生嫉妒的Pâtisserie Kogi内部人员。但小佐内同学从相同条件出发想到的，似乎是古城春臣的家人。熟知古城春臣的性格，掌握他的日程，还察觉到他有送戒指的迹象……有道理，家人的可能性更高。这是我丢分的地方。

“爸爸一直以来都贴身戴着结婚戒指，就连工作中也一样。我以为这是他珍惜我妈妈的表现……可是妈妈过世后连半年都不到，他就开起了什么Annex Ruriko，难以置信，真是太离谱了。而且明明不是休息日，他却跑来名古屋，我就想该不会有什么隐情吧……这家店开张的时候，我跟大家都打过招呼，所以就骗他们说我来拿爸爸忘记的东西，让我进了休息室。”

她那战战兢兢的眼神偶尔会停在戒指上，然后又迅速移开。

“我在冰箱里发现了一只盒子，里面就只装着一个马卡龙。因为是Kogi，我想会不会是送给那个女人的，就掰开看了看，里头居然有个戒指……妈妈生病的时候那么痛苦，可过世后爸爸立刻就另寻新欢，一想到这儿我就觉得——啊，这种店快给我倒闭吧，快把爸爸的脸丢光吧……”

“那，为什么要选我呢？”

小佐内同学的声音非常温柔。古城小姐抬起手，指着我说：

“我从来没见过这种校服，所以觉得他应该不在这附近上学。不熟悉周边情况的话，他大概会被报时的声音吓到，扭头去看吧。而且……

如果是成年人，说不定真会把戒指偷走。”

也就是说，我和小佐内同学不像是会拿着戒指溜走的顾客，因此被她盯上了。是该说她眼光好，还是该觉得自己被看扁了呢？我有些困惑。

小佐内同学叹了一口气。

“我明白了。所以，你也会做点心吗？”

突如其来的提问让古城小姐眨巴了几下眼睛。

“啊？啊，会做。休息日的时候，爸爸会教我……”

“是吗？那请你回头做给我吃吧。这样，今天的事就一笔勾销啦。”

小佐内同学从书包里取出笔记本和圆珠笔，写上自己的手机号码后递给古城小姐。对方像是发现了前所未见的考古资料一般，瞪大眼睛盯着那串数字。接着，小佐内同学把装了戒指的Kogi递给她，说：

“我也很理解你生气的原因，但把其他人牵扯进来可不好。你要先跟你父亲认真地谈一谈。明白吗？”

古城小姐不住地点头。

“明白了。那个……谢谢你制止了我。”

“好啦，快回家吧。现在这时间对初中生来说有点晚了。”

古城秋樱转身鞠了一躬，走出几步后又转身，将装着戒指的马卡龙小心翼翼地抱在胸前，离开了Pâtisserie Kogi Annex Ruriko。我一边目送着她的背影，一边说：

“你还真体贴啊。”

古城秋樱虽然打扰了她品尝心心念念的马卡龙，但她没有采取任何行动。亏我还想了种种对策，要怎么兵来将挡水来土掩。

“我还以为，你肯定会跟那女生说呢。”

“说什么？”

小佐内同学无精打采地问。

“说古城春臣并非是在那女生的母亲过世后，才开始跟田坂瑠璃子交往的。”

“嗯……”

既然小佐内同学丝毫没有惊讶，就说明她也注意到这一点了。

秋樱说，古城春臣在工作中也依然结婚戒指不离身。然而小佐内同学则表示，至少她没见过会戴着戒指工作的日本甜点师。综合双方说辞，再加上在快速电车中她给我上的课，我得出了一个答案——古城春臣将结婚戒指以项链吊坠的形式挂在了脖子上。

然而，自此往前推八个月，今年一月的照片上，那条项链消失了，同时古城春臣在采访中宣布新店的名称是Pâtisserie Kogi Annex Ruriko。西式点心行业中，在名店里学成手艺后独立开店的甜点师有很多，虽说田坂瑠璃子是他的左膀右臂，但是把员工的名字放入店名——这样的举措，如古城秋樱所说，确实是别有用意的。这不由得令人想到，店方出于某种原因坚信田坂瑠璃子将永远留在Pâtisserie Kogi。恐怕就是从这个时间点起，古城春臣不再佩戴旧的结婚戒指，而想着要准备新的结婚戒指了。

古城秋樱说，她母亲过世还不到半年。换句话说，至少在她过世的前两个月，古城春臣就开始考虑“下一个人”了。对古城秋樱来说，这是一个很伤人的推断吧。

小佐内同学懒洋洋地将大约已经凉透的红茶缓缓端到嘴边。

“小鸠同学说的那些，我也觉察到了。”

她吁了一口气。

“反正那孩子也没对我做出什么过分的事……而且，我本来就很体贴年纪比我小的孩子啊。”

我冷笑了两声，学着小佐内同学的样子端起茶杯，让不冷不热的红茶流过因滔滔不绝而干涸的喉咙。

最后，我还有一个问题想问，尽管有点坏心眼——

“我说小佐内同学，你是不是对古城春臣幻灭了？”

她伸出纤细的手指，拎起绿色的马卡龙。品尝的时刻终于到了。

“怎么可能……小鸠同学，你应该也知道吧？”

小佐内同学将期待已久的马卡龙贴上嘴唇，露出了娇媚的微笑。

“比起别人的恋情，我对马卡龙更感兴趣呢。”

纽约芝士蛋糕之谜

1

我和小佐内同学有这样的约定:为了在无可避免的麻烦事中保护彼此，为了不打破各自在心中所发的誓言，我们要相互监督。然而这仅限于学校这个地点，仅限于工作日这段时间，休息日在校外和小佐内同学见面，至今尚无先例。所以，十月某个凉爽的星期五，当小佐内同学午休时分在走廊叫住我问“这个星期天能不能陪陪我”时，我实在忍不住大吃一惊。

在午休时的走廊里，不少同年级的学生来来往往，其中有几个向我们投来了意味深长的一瞥。要是能把“我和小佐内同学是一伙儿的”——更进一步来说就是“我们在交往”——这种解读传开去，对我们倒是很有利。考虑到问题可能很严重，需要保密，我便压低声音问:

“很麻烦吗？”

然而，小佐内同学摇了摇头。

“没那么夸张。我只是要去文化节，想叫你一起。”

那当然不是我们船户高中的文化节。难道是附近的高中在星期天搞文化节吗？我对这种事不怎么关心，所以想不到是哪个学校。

“文化节？哪里的？”

“礼智初中。”

“哦，初中啊。”

我似乎在哪里听说过这个校名，似乎是剑道还是柔道挺厉害的？应该不是市内的学校，这么说来，就要出远门了吧。

“为什么要去那里，现在方便回答我吗？”

我在想要不要换个地方听她说，便这么问道。小佐内同学稍微思考了一下，干脆地答道：

“说来话长，我就长话短说吧，因为那里会开模拟甜品店。”

好吧……

我比较在意的是，去市外的初中吃蛋糕适用于我们的互惠关系吗？如果是单纯作陪，那我只有拒绝她了。小佐内同学需要给出一个理由，除非我的存在对其有利，我才需要在星期天跟她一起去吃蛋糕。

对此，我直截了当地问：

“我去那儿，有意义吗？”

“有意义啊。”

她立刻答道。这下我就没辙了。她是不会因为“一个人去没面子”之类的理由叫上我的。看来是有什么缘由吧。

“明白了。行啊，星期天是吗？具体安排发邮件说吧。”

“嗯。”

我刚转身打算回教室，背后又飘来一句：

“我说，小鸠同学。”

我一扭头，只见小佐内同学脸上充满了期待的神色，仿佛吃准了我会为她感到高兴似的。

“听我说呀，那个文化节上……会推出纽约芝士蛋糕哦！”

我回给她一个微笑，脑中浮现起没人性的华尔街恶魔们在芝士蛋糕市场的期货交易中争个你死我活的景象。尽管，现实应该不是这么回事。

2

礼智初中是一所位于名古屋市千种区的私立学校，地图上显示，它旁边还有一所礼智高中，估计是初高中一体化的学校。

星期天，我和小佐内同学走不同路线前往目的地。假如在车站会合一起坐电车去的话，我还能在车上好好问问她把我拖出来的理由，但小佐内同学说要买伴手礼，走了别的路线。我本想着是不是穿校服去比较好，不过因为她什么也没说，我便选了素色的衬衫和卡其裤。到了名古屋站，我在尚未搞清其构造的地下兜兜转转，好不容易坐上了地铁。

到了目的地所在的车站，我上到地面，外头正吹着令人神清气爽的秋风。地铁出口的正对面竖着一块告示板，礼智初中文化节的海报贴在市民会馆和自由市场的各种通知之间。海报正中央画着大大的漫画人物，“礼智初中文化节”七个字用了七种颜色，整体显得相当艳丽。此外，还写着“飞翔，飞向远方”之类的标语。

从地铁站到学校的路线，我只记得个大概，不过文化节似乎吸引了不少人，跟着人流应该不会迷路。没多久，道路拐进了住宅区，路边开始出现黯淡的红砖墙。围墙内侧有着密不透风的绿化草木，挡住了视线。看来这里就是礼智初中吧。不然就是大豪宅了。

很快我就看见了校门。威严的铁门大大地敞开着，内侧则是活泼的手工制迎宾拱门，上面写着“第十七届”。如果这代表了建校十七年的意思，那这学校的历史还真是出人意料的短。带着这种想法，我倒也不由自主地觉得，白石灰墙面的教学楼的设计还挺有现代感的。

进了校门，右手边是操场，比我们船户高中的要小一圈。操场正中堆着搭成井字形的圆木，木头烧得正旺。火的边长差不多有一米五吧，比火堆要大点儿，但还没大到火星纷飞的地步。看起来像是营火，可文化节又不是野营，所以应该有别的叫法吧，比如团结之火，羁绊之炎什么的。

白色教学楼的外墙上挂着一块写着“欢迎光临礼智初中文化节”的横幅，此外还有“手球社 晋级东海地区大赛”“游泳社 晋级全国大赛”“柔道社 晋级秋季大赛”的横幅。我可从来没听说我毕业的初中有社团晋级全国大赛的，看来这是一所体育见长的学校。

话说，我和小佐内同学约好下午两点在校门附近碰头。还有两分钟就是两点了，所以就算她已先到了也不足为奇，然而……今天是休息日，校园里有许多不像学生的人。还有一些一看就不是初中生的小朋友，不时发出欢笑声。

虽然小佐内同学的隐身术相当了得，但是我的观察能力也不差。迎宾拱门的阴影里稍稍露出了帆布鞋的鞋头。在我看来，这鞋号似乎很小，而且对方像是要打伏击似的，从刚才开始就一动不动。智者千虑必有一失，这捉迷藏略显拙劣了啊，我一边想，一边慢慢踱向拱门。

“久等啦，小佐内同学！”

我往拱门后方猛地一探脑袋。

那里有个陌生的女孩，她一脸惊恐。

“咦，你是谁啊？”

我想说，我不是坏人，可声音冻在了嗓子眼。那女孩表情僵硬，就在她好像要大声叫喊的时候——

“你在干吗，小鸠同学？”

背后传来一个声音，透着一股抢先进入冬季的冰冷寒意。我转过身去，只见穿着圆领白衬衫，外罩暗橘色开衫，手里拎着个袖珍波士顿包的小佐内同学正半垂着眼，叉腿站在我面前。

“不不，这是……”

小佐内同学看也不看辩解到一半的我，走到那女孩面前蹲下来说：

“别害怕。这位哥哥呢，虽然不太懂得体会别人的心情，但并不是什么超级大坏蛋。”

这招呼打得真吓人，我们这是半斤八两吧。而且听你这么一说，那女孩好像反而弄不清到底该不该放心了吧？你看你看，她什么也没说就跑了。

望着对方的背影，小佐内同学慢慢地站起身来。

“小鸠同学，我认为，吓唬小孩子可不太好。”

“我没打算吓唬人……话说回来，你从头到尾都看到了吧？”

“你指什么？”

她微微歪着脑袋，一副发自内心感到诧异的表情。

可能小佐内同学真的什么都没看到——换成我以外的人恐怕就会这样想了，她这傻装得实在精彩。

自此我便跟着小佐内同学行动。

教学楼里似乎没有给来客提供放鞋的地方，也没有准备专用的拖鞋，而是让大家直接穿着鞋进去。换鞋处铺着一块大脚垫，旁边贴了一张纸写着“请在这里去除鞋底的污垢”(**注:原文中的“鞋”写作“はきもの”，若将“は”当作助词，则“きもの”也可理解为“衣服”**)。我掸了掸身上的灰，以此去除衣服上的污垢，但小佐内同学对我这行为没有任何反应，于是我只好老老实实地在脚垫上蹭了蹭鞋。

走廊里张贴着画满人物和装饰文字的海报，指示牌上标明了各个方向都有什么看点。穿着室内鞋的礼智初中学生们也好，穿着自己的鞋的来客们也罢，大家都笑盈盈的。沿走廊放置的课桌上堆着活动小册子，我们便一人拿了一本。

小佐内同学专心地看着小册子上画的校内图，默默地快步走起来。我也没问她要去哪儿，只是紧随其后。转了两个弯，穿过两栋教学楼间的走廊，我们听到了阵阵吆喝。

几个女生身穿藏青中透着点绿色的水手服，系着白围裙和三角头巾，正高高地挥着手招揽顾客：

“我们是手工点心同好会！正在开咖啡馆，敬请光临！”

这同好会的名字还真直接。

我和小佐内同学都与课外活动保持着一定距离，尽管也在学一些技能，但由于没参加学校的社团，所以不怎么习惯这种热闹的场面。和我想的一样，这里似乎是小佐内同学的目的地，她马不停蹄地走进了教室，于是我和揽客的女生微微点了点头，也跟了进去。

“哇……”

室内弥漫着甘甜的芳香，让人不由得想深呼吸一口。这里似乎是家政课的教室，长调理台上铺着午餐垫，算是餐桌。大概正好是吃点心的时间吧，顾客很多，热闹的教室里，系着围裙和三角头巾的学生们正精力充沛地跑来跑去。

其中有一人看到我们之后笑靥如花。

“啊——小由纪学姐，你真的来了呀！”

白色三角巾的一端钻出染成栗色的卷发，骨碌碌的双眼下方有些雀斑。之前见面的时候，那张脸仿佛遭遇世界末日似的，今天却来了个一百八十度大转弯，无比朝气蓬勃。她就是知名甜点师古城春臣的女儿——古城秋樱。前不久，我们因为某个事件相识，但我不知道自那以后，她一直和小佐内同学保持着联系。

“小由纪学姐……”

我不自觉地嘀咕了一遍，小佐内同学闻声抬眼瞟了我一下。

“不行吗？”

岂敢……

古城小姐直勾勾地盯着小佐内同学，目不斜视。我站在小佐内同学身旁，正跟她说话，但古城看都不看我一眼。

“之前跟你说过，我把小鸠同学也带来了。”

“你好。很久没见了呢。”

即便出声打招呼，古城小姐还是没看我一眼。我保持着笑容，只说了一句：

“我一点都不介意！”

实在是太容易让人看出她的顽固了。

“很忙吗？”

“托大家的福，生意不错。不过还有空位，这边请。”

她带我们去的是能清楚地看见操场的靠窗位。系着围裙的古城小姐端来了装在纸杯里的水，把杯子放在桌上时，她的眼睛仍旧始终盯着小佐内同学，完全无视了我。于是，我不禁提心吊胆起来，生怕她会把水打翻。

“小由纪学姐，你要那个对吧？”

小佐内同学点点头。

“嗯。纽约芝士蛋糕，两份。”

“红茶也要吗？”

“嗯，两份。”

她重申了“两份”，大概是怕如果不这么叮嘱，古城小姐就不会拿我那份来了吧。对方点头说了句“明白了”，便往聚集着同款白围裙的角落走去。目送着她的背影，我借着咖啡馆的喧嚣问道：

“你是来见古城小姐的啊？”

小佐内同学双手捧着纸杯，稍稍捏瘪，复原，再捏瘪，然后盯着水面上形成的波纹说：

“是她邀请我的，说会在文化节做蛋糕，请我过来吃。不好意思呀，没来得及跟你解释。”

“你会把我叫来，是因为不想跟她独处？”

“大致猜对了，但有些差别。”

小佐内同学望着站在那边干活的古城小姐，说道：

“马卡龙那件事以后，古城同学跟我的关系变好了。虽说她是我心仪的甜点师的女儿，但就算撇开这一点，我也觉得她是一个特别好的女孩子。跟父亲之间虽然有不少问题，可她说自己也想成为甜点师。她还烤过饼干给我呢，真的挺好吃的。我就跟她说，要加油。”

“嗯。”

“不知道为什么，她很仰慕我呢，说要拜我为师，真是太夸张了。她晚上会给我打电话，周末会来找我玩。我也告诉了她好几家我珍藏的店铺。小鸠同学，我还没给你介绍过樱庵吧？”

“嗯。”

“有机会再带你去。然后有一天，她说文化节的时候要跟同好会的朋友们一起做纽约芝士蛋糕。尽管她知道同好会的其他人并不打算成为职业甜点师，但时不时还是会因为双方在意识上的差异而干着急，转而来跟我抱怨。她会管我叫小由纪学姐，最近就连平时放学以后也会坐电车跑来找我。所以……”

哎哟喂，这可是真的很喜欢你了啊。

先前被小佐内同学一顿羞辱，说我不懂人心什么的，但只要有可供思考的材料，推理就难不倒我。也就是说，小佐内同学星期天把我带来这里是因为——

“你想告诉她，你也有你自己的世界，对吧？”

“我并不讨厌古城同学，但我的朋友不止你一个，况且还有‘正在交往’的对象，我可不打算整天只跟你一起玩”——为了暗中传达这层意思，小佐内同学把我带了过来。

这下我总算理解了。她压根就没想过要单纯和我享受星期天的蛋糕，但她葫芦里卖的什么药，可真让我冥思苦想了一番呢。如果是这么回事，那就的确称得上是互惠关系的一个重要部分了。今天我就慷慨地借你个人情，回头再找你还好了。

古城小姐端着盛有蛋糕和红茶的塑料托盘，满面笑容地走了过来。

“久等了，这是您的纽约芝士蛋糕与红茶套餐！”

小佐内同学的红茶里已经加好了牛奶。或许这是古城小姐在彰显自己知晓对方的喜好，但在我看来其实是适得其反的，甚至有些惹人同情。她故意对我不理不睬，就是为了表现对小佐内同学的独占欲。

蛋糕被切成了扇形，颜色雪白。平时我不太喜欢吃甜食，但芝士蛋糕这种程度的还是吃得惯的。我盯着眼前的蛋糕看了一会儿，自言自语地嘟囔道：

“这不是生芝士蛋糕？”

“不一样的。”

小佐内同学一手拿着叉子，目光锐利。

“不一样吗？怎么不一样？”

“这个呢——”

她说到一半，瞄了古城小姐一眼。

“相信店员会给你一个解释。”

话题被抛到自己头上，古城小姐明显露出了困惑的神色。她像刚刚发现我的存在似的看着我，然后向小佐内同学投去了求救的目光，而那位小佐内同学始终一言不发，于是她只好死心，轻声说：

“生芝士蛋糕是不用直接加热的，而纽约芝士蛋糕是用水浴法烤出来的。”

“水浴法？”

她不停地瞄向小佐内同学，简直像在问“我要从哪里开始跟这人解释比较好”。小佐内同学叹了一口气，放下叉子，说道：

“把蛋糕的原材料倒入模具。”

“嗯。”

“把这模具放进盛了水的方形平底盘……就是有一定深度的不锈钢盆，再放进烤箱烤，这就叫水浴法。特征是能把蛋糕烤得比较湿润。”

我好像听懂了，又好像还没抓住要领。这种烤法是有什么意义吗？

“到底有多湿润，就请你自己尝尝看吧。”

听见小佐内同学这么说，古城小姐慌了。

“那，那个，我当然花了工夫去做了，但不知道那湿润度能不能令小由纪学姐满意……”

小佐内同学再次拿起叉子，微笑着对她说：

“别担心，我很期待哦。”

古城小姐将托盘抱在胸前，面色绯红。

“那，我回去干活了！”

她逃走了。我很感谢从小佐内同学那里学到了新词，但我还是向她投去了责备的目光。

“真可怜，何必给她这么大压力。”

“因为我很期待嘛。”

这吹的什么风。

总之，面前放着茶与蛋糕，小佐内同学已经迫不及待了。我也拿起了叉子，开动。

从最初将叉子戳进雪白蛋糕的一瞬间开始，我就感受到了不一样的触感。比想象的要硬多了……不，与其说是硬，不如说是有弹性。虽没到被弹回来的地步，但意外地有点阻力。我一边体会着这触感，一边慢慢地切下蛋糕，然后将那小小的三角柱送进口里。

哇！小佐内同学和古城小姐都用了“湿润”这个词来形容，但在我的语感中，我会叫它“绵密”。这蛋糕的甜度并不高，口感却醇厚得惊人，让人觉得一整块都是密实的美味。这可真有意思，太好吃了。

我抬起头，只见小佐内同学根本不关心我的感想，一门心思地品尝着她那块蛋糕。每次落下叉子，举起叉子，她都会如沉浸在幸福中一般微笑着，能像她那样对某件事物乐在其中，反倒更令人羡慕。而若是能目睹这表情，制作蛋糕的那位想必也会很开心吧。所以古城小姐出于奇怪的矜持而跑开，应该说是非常可惜了。

但另一方面，我也感到了些许不可思议。我是第一次吃纽约芝士蛋糕这种东西，所以有新鲜感并且还产生了惊讶之情，可这种惊讶，小佐内同学应该是没有的。

“我说，小佐内同学。”

她盯着很快就所剩无几的纽约芝士蛋糕，眼神有些哀伤。

“真是吓我一跳呢，竟然这么好吃。按小佐内同学的基准，这水平是不是也算挺高的了啊？”

她微微歪起脑袋说：

“你是问我这个好不好吃？嗯，好吃是好吃。”

“比任何地方的都好吃？”

我不相信初中文化节里做出的芝士蛋糕能给她带来十全十美的满足感。她可是西式和日式甜点通吃，靠自己的双腿探求美味店铺，并对收集相关信息毫不懈怠的小佐内同学啊。限于费用，我觉得她应该不至于领略过世界巅峰的美味，但她肯定品尝过相当高级的甜品。既然已有那般上等的体验，眼前这块纽约芝士蛋糕还会好吃吗？

小佐内同学切实地揣摩到了我这问题背后的意图。她放下叉子，像是特意端正了一下坐姿，说道：

“小鸠同学，我不是这个意思。把高档的甜品店和手工点心同好会并列在一起比较，实在是很无聊呢。嚼着一百日元的板状巧克力，心想还是歌帝梵（注：Godiva，著名比利时巧克力品牌）的好吃啊什么的，这念头太滑稽了呢。”

“是吗……”

“是啊。”

她斩钉截铁地说道：

“甜品店里做的也好，自制的也罢，连杂粮点心都有一套专属于它的标准，只要做得好就够了呀。永远跟求道者似的追求最顶尖的东西，看起来或许很酷，可实际上不过是个吃什么都要来一句‘不如那个好吃啊’的假内行罢了。”

“那，你的意思是，不论吃什么，你都会觉得很幸福？”

“怎么可能……不好吃的东西当然不行啦。偷工减料的东西更不行。这些都不算‘做得好’的……用假内行的话来说：这当然不是最高级的。但这蛋糕很好吃，也没偷工减料，最重要的是，我现在很开心啊。”

小佐内同学又往嘴里塞进一口芝士蛋糕，莞尔一笑。

“就是这么回事哦，小鸠同学。”

3

在我们一边回味着蛋糕，一边喝红茶的时候，脱掉了围裙和三角头巾的古城小姐过来了。她的表情有些不安。

“请问，感觉怎么样？”

小佐内同学微笑着答道：

“超好吃的。”

“太好了！”

古城小姐按着胸脯长吁一口气。她依旧看也不看我一眼，只是凑近小佐内同学的脸说：

“我让别人接替我做店员了。接下来，我想逛逛文化节，小由纪学姐要不要也一起来？”

小佐内同学向我投来一瞥。这眼神交流颇为微妙。从她想跟古城小姐适当保持距离这一目的来看，我应该跟她们同行吗？

思考了一下，我从座位上站起来说：

“那我就自己随处看看啦。回头再给你发邮件。”

光是我陪着来咖啡馆，小佐内同学的目的应该就达到了。此外，也没必要继续一起行动了吧？她似乎也是这么认为的，冲我轻轻点了点头。

我留下小佐内同学离开座位，付过餐费后走出家政教室。揽客的女生已不见踪影，说不定是代替古城小姐招呼客人去了。

现在就回家倒也行，但难得来到这里，稍微玩玩也算符合小市民的作风吧。我在换鞋处附近打开刚刚拿到的小册子。

“哎呀。”

一张夹在里头的小纸条飘落在走廊上。我捡起来，只见上面写着：“柔道社公开练习赛取消　文化节执行委员会”。

我看了一眼小册子，上面的确写着这项活动。虽然不知道为什么取消了，但把练习赛当作文化节的演出节目原本就挺怪异的，大概是有人在最后关头发现了这个问题，从而叫停了吧。

某班会在体育馆的舞台上表演《犬神家族》，我想去看看，然而不巧，已经演完了。现在就快到下午三点了，文化节将在四点闭幕，紧接着就开始最终庆典，所以大部分活动都差不多结束了。

小册子上写，计算机社正在办“再现红白机”活动，“红白机”这种东西我听是听说过，但从来没见过，挺好奇到底是什么样的。而另一边，四楼有个用一整个教室改造出来的立体迷宫，反正走迷宫跟我和小佐内同学的那个约定——不再自作聪明地解谜——又不冲突，我也想借此试试身手。是去“再现红白机”，还是去立体迷宫，我有点拿不定主意，于是决定掷硬币。如果十日元硬币正面朝上就去红白机，反之就去迷宫。

“叮”，随着一记清脆的响声，硬币向上飞去。我本打算在空中接住它，可我的手完全扑了个空，硬币掉到走廊上滚了起来。我急急忙忙跟在后头追。硬币撞到墙上倒了下来，反面朝上。那就去迷宫吧。

我沿着楼梯往四楼爬。一路发现，连梯级竖板上都张贴着诸如“鬼屋　1–B”或是“爱丽丝梦游仙境　2–D”之类的指引。每个转角平台的告示板上就更不用说了，那叫一个眼花缭乱。初中时代的我从不跟这类活动沾边。除了对此毫无兴趣，一方面也是因为我这种情绪表露到了脸上吧，所以没人来邀我参加，顶多就是干干班里分给我的任务。

我上到三楼的时候——

“来个气球吧！”

眼前冷不丁地冲出一个气球。我本想收下，但之后就要去迷宫，手上多个累赘也挺麻烦的，我便谢绝了。到了四楼——

“您好，这是打折券！”

有人递给我一张手写的券。初一C班似乎在办咖啡馆，可惜我已经吃过点心了。现在分发匆忙赶制的打折券，看来是收入没达到目标吧。真抱歉，我帮不上忙。

礼智初中的教室在靠走廊的墙上也装着窗户。学生们用黑幕布把迷宫教室的所有窗户都遮得严严实实，做得还真到位。入口旁，一个缠着头巾的男生正无所事事地靠在墙上。我朝他走了过去。

“还开着吗？”

我像是走进一家不知何时打烊的店铺，不由得问了这么一句。那男生立即挺直脊梁，露出一副松弛下来的笑容说：

“当然！要试试吗？”

我点点头，于是对方递给我一支小手电筒。

“里面很黑，有需要的话请打手电。只有第一次玩的成绩能算进竞速排名，要给您计时吗？”

“这个嘛……我挺想仔细看看里面是怎样的构造的呢。”

“您也可以等到第二次再看。”

“那就这么办吧。是从我进去的那一瞬间开始计时吗？”

“没错。那么……”

男生掏出了停表。我把手搭在教室的门上。

“开始！”

立体迷宫还真有点意思。学生们似乎是用纸箱做了墙壁，再用课桌和椅子撑起它们。光是在狭窄幽暗的通道里转悠就已经很好玩了。

尽管我走通迷宫算是比较快的，但还没到能跟名列前茅者争个高下的地步。虽心有不甘，可也没办法。且不论平面迷宫，能否快速走出完全陌生的立体迷宫，运气的成分实在是太大了。测三次，取最好成绩——这种做法说不定是最有意思的，就是整理起来太累了。

“谢谢惠顾！”

我小有成就感地离开了迷宫。时间已将近下午三点，到处都开始收摊了。来文化节却约在下午两点碰头，真的有点晚，要好好逛的话怎么想时间都不够啊……不过话说回来，这大概也在小佐内同学的计算之内。若是来得太早，搞不好有半天都得跟古城小姐待在一块儿，所以她才选了两点这个时间吧。

我从走廊的窗户俯视操场。熊熊燃烧的营火正好在它的中心。火的周围有一圈红色的东西，大概是装了水的消防桶吧。另外，还有四个栽了花的花盆围在营火旁边。

听说有的学校会在文化节结束后围着火堆举行最终庆典，可我从没亲眼见过。或许因为管理上会有一些问题吧。尽管是在延烧危险性较低的操场正中央，但能那么光明正大地烧着火，不得不说到底是私立学校更自由啊。我心里不禁泛起些许羡慕。

这时，我发现有两名女生正向火堆靠近。一人穿着水手服，一人穿着便服，便服那位手里拿着两个气球。刚才确实有人在发气球来着，但这人居然拿了两个，真是贪心鬼。

不对，那是……小佐内同学吗？

这么说，旁边的就是古城小姐？我不明白她们为什么要靠近营火，也许是古城小姐想让她凑近看看吧。我似看非看地看着她们，只见两人在火堆旁边站定，把手往前伸。秋天的傍晚时分，风或许凉飕飕的，可我不认为她们是在烤火取暖，那景象看起来有点异常。

她们干吗呢？就在我这么想的时候——

操场一角窜出一个身穿校服的人影，这么说来，他是这所学校的男生吗？好快。他是在全力奔跑吧。而且他一边跑，还一边不时地扭头看向后方。

怎么回事？这个念头只在瞬间从我脑海中闪过。那男生朝着操场中央跑去，而前方就是小佐内同学她们。从这速度来看，说不定那男生并没有注意到她们。

我把手插进口袋掏出手机，但我觉得现在打电话肯定已经来不及了。往她们跑去的男生丝毫没有发现前面有人，只是一个劲儿地看着后方。我想打开窗，提醒一下操场上那两位，但窗户上了锁，费了不少劲才打开。

就在冲撞的前一秒，双方似乎同时注意到了对方。大概是古城小姐的那位水手服女生愣在了原地，而穿着橘色开衫、疑似小佐内同学的女生往后跳了两步。那男生也发现了面前的二人，改变了路径。但结果非常糟糕——

一瞬之后，穿便服的女生被撞飞，男生也往前扑倒，在操场上翻滚了几圈。我站得那么高也能看出，那男生的体格相当健壮。被他撞一下可不是闹着玩儿的。我转身快步往楼梯跑去。

我心里只有一个愿望:小佐内同学，求你平安无事。

毕竟，你要是受伤了，可得由我把你扛回去!

4

初来乍到的我在楼里迷了路，花了好几分钟才跑到操场。

几个学生远远地围着营火站着，没看到像老师的成年人。在那一圈人里，古城小姐正茫然地伫立着，手里拿着一串红色的东西。小佐内同学已经不在了。

她果真是受了伤，被送去保健室了吗？古城小姐很不待见我，更确切地说，她只把我当成了阻碍她独占小佐内同学的眼中钉。这一点我很清楚，但现在只有她才知道发生了什么。我跑了过去，问道：

“真是飞来横祸啊。小佐内同学怎么样了？”

古城小姐凝视着我的脸。刚才在咖啡馆，我们都没对视过，所以我觉得这会儿才算是今天第一次打照面。她那双骨碌碌的眼睛红通通的，像是拼命憋着不哭出来一般。

“你没事吧？”

“啊，嗯。”

古城小姐仿佛清醒过来似的一惊，然后收敛起表情。她环视一下周围，压低声音说：

“学姐……被带走了。”

“被带走了……被谁？带去哪儿了？”

“不知道去哪儿了。带走她的……应该是我们学校的学生……”

然后，她突然尖叫起来：

“小由纪学姐被绑架了！”

“咦，又被绑架了？”

“咦？”

糟糕。

古城小姐要求我对那句说漏嘴的话做解释，我想方设法地安抚她，劝她将注意点从过去放到现在。尽管她一脸难以接受的表情，但好歹同意了我的建议:先救小佐内同学，最终把那个疑问搁到了一边。

“那么，到底发生了什么事呢？你冷静下来说说看。”

虽然我也看到了小佐内同学跟那男生的冲撞过程，不过还是由她身边的古城小姐从头说起比较好。我没透露自己目击了那场面，请她先说。

“现在不是说这种话的时候吧？得快去救小由纪学姐！”

“你说得当然没错……可是，既然你连她被带去哪里了都不知道，那要是不先了解一下发生了什么事，我们便束手无策啊。”

“你还真冷静。”

古城小姐嘴里嘟嘟囔囔的，但或许是领悟到除此以外自己也做不了什么，便不情不愿地讲了起来：

“从咖啡馆出来以后，我和小由纪学姐逛了文化节。拿了气球，去了摄影社，看了爱丽丝的展览……之后，小由纪学姐说忘了把伴手礼给我，接着就递过来一个漂亮的纸盒。”

这么说来，小佐内同学的确说过要去买伴手礼来着。

“我真是开心死了，赶快打开一看。那是一盒五颜六色，玲珑剔透得跟宝石一样的棉花糖，我从来都没见过这样的。然后我说，棉花糖可以直接放在火上烤着吃对吧？于是，小由纪学姐就看着窗外说，那就这么干吧。”

这么干……难道说……

“你们打算用这火烤棉花糖吗？两人一起？”

对方似乎十分难为情地冲我点了点头。我很清楚，小佐内同学对待甜食的态度可是毫不含糊的，但看来这位古城小姐也算个中翘楚了。

哪怕走到跟前看，这营火也并不算大。搭成井字形的圆木顶多只到我肚子那么高，火也没怎么蹿起来。好吧，走近烤棉花糖应该是没什么危险……可营火旁边明明围了一圈花，相当于竖了一块“请勿靠近”的告示牌，却被她们轻易地无视了。

古城小姐手里那串红色的东西就是棉花糖，不过好像并没有抓着机会吃。

“总之你先吃了吧。”

听我这么说，古城小姐略有些忧伤地看着它们，然后吃了一口之后，她小声说了句：

“真好吃。”

这么一来，我算是弄明白了两人会去操场正中的原因。

“我们去了开和风茶室的班级，找他们要了串团子用的竹签，然后来了操场，一边聊好吃的店铺，交换信息，一边走到篝火旁边，然后往竹签上串了棉花糖。”

我想，或许因为这不是野营，她才没用营火一词，看来还真是有别的叫法啊？

“差不多快烤好的时候，我们听见了奔跑的脚步声，小由纪学姐冲我叫了一声‘小心’。我一扭头，只见一个穿着我们学校校服的男生正一边扭头看，一边跑过来，我吓得动弹不得……因为都发生在一瞬之间，所以我记得不是很清楚。”

而我，看到了冲撞的瞬间。小佐内同学试图躲避跑过来的男生，那男生也试图躲避小佐内同学她们，因此撞到了一起。

“回过神来的时候，小由纪学姐被撞开了，但是没有倒在地上。她好像是用手撑着地面转了一圈，没让自己摔下去。”

“嗯……你是说小佐内同学来了个受身（**注：又称‘倒地法’，柔道中的自我保护动作**）？”

古城小姐歪起了脑袋。

“怎么说呢，我也不太明白。”

好吧，反正我明白了，小佐内同学没受什么大伤。

“只是，在那股快令她摔倒的冲力作用下，她的手提包打开了，里面的东西飞了出来。棉花糖也撒在了操场上。”

这……小佐内同学的心情可想而知。

而当我在脑海中重现了刚才古城小姐描述的过程后，发现了一个疑点——

“棉花糖是小佐内同学拿着的？那不是给你的伴手礼吗？”

“是的。”

说完，古城小姐思考了一会儿。

“但，这是为什么呢……大概是去要竹签的时候请她帮我拿一拿还是怎么的，然后就一直在她那里了。”

“棉花糖的盒子是什么样的？”

古城小姐用手比了个和自己身体宽度差不多的尺寸。

“这么大，圆圆扁扁的纸盒，上面画着很多水果……这很重要吗？”

“不，我只是在想，是不是大到会妨碍你拿竹签。”

可能是觉得我问了个并不紧要的问题，古城小姐露出些许不满的神色，但她没把不满说出口。

“之后发生了什么呢？”

“撞过来的男生摔了一大跤，爬起来以后大声说了句‘对不起’，然后和小由纪学姐一起捡撒在地上的东西。我本来也想帮忙的，结果听见教学楼那里传来了嘈杂的声音，转头一看，有三个男生往我们这边过来了。”

我点点头，示意她继续。

“撞到小由纪学姐的男生看见那三人后又拔腿就逃，但可能是冲撞时哪里撞疼了吧，他拖着一条腿，没跑多远就被那三人逮住了。对方上来就是揍啊踢的。我虽然也很担心小由纪学姐，可眼前突然发生这种事，我就气不打一处来，冲着他们喊了一句‘你们干吗’……”

“你这样喊了？”

“那不是很自然的吗？”

有多少人能在突发暴力事件的时候出声谴责呢？说真的，我也没信心能做到。然而，古城小姐却说她对此厉声呵斥。可能因为这事发生在自己学校里，所以她胆子比较大，不过这表现还是很有意思的。

“你笑什么？”

“没……对不起，没什么。那个……抱歉，我打断一下，你应该不认识那些男生吧？”

古城小姐看起来不太肯定，但她还是点点头。

“我想，他们的年级可能比我低。一开始撞人的是初一的，之后过来的三个人是初二的。”

“为什么这么认为呢？”

“因为撞到小由纪学姐的男生被揍的时候一直在说‘非常抱歉’‘请原谅我’，而揍他的那三人则说着‘你懂不懂学弟的本分啊’之类的话，所以我知道他们的年级不同。如果揍人的那一方是初三学生，我多少会有点印象才对。因此我觉得他们应该是初二的吧。”

原来如此。尽管没有切实的证据，但古城小姐这番观察的可信度非常高。

“能不能告诉我，他们的大致外貌呀？”

“我想想……”

古城小姐盯着天空。

“这三人都挺有肌肉的，一看就让人觉得，他们会不会是参加运动社团的。其中一人的个头略高一点，另外两人一般。但三人都长得不怎么样。”

“说得更直白一点也行哦。”

“我讨厌男生呢。”

古城小姐这么说着，然后直勾勾地看着身为男生的我。

“明白了，谢谢。三人组追上初一男生，揍了他，然后古城小姐你上前制止了，对吧？接下来呢？”

“也不一定就是初一的。”

“好啦，先假设这么叫他吧。”

不假定一个名字说起来会不方便。古城小姐也理解了。

“接下来……”

说到一半，她的表情突然笼上了阴云。

“三人组回了我一句‘关你什么事’，但总算没再揍了。然后，他们一边对那初一男生说着什么，一边在他身上摸索。我看着他们，心想等一下是不是又要动手时，那三人组突然看向了我们，还用手指指着我。我正觉得情况不妙，结果他们就过来了，嘟囔着‘把CD交出来’……”

CD?

“CD是……放音乐的那个？”

古城小姐皱着眉摇了摇头。

“谁知道啊！”

唔……如果是音乐CD，里头就只有曲子。但如果是可以复制文件的CD，那么里头有图片、声音、数据表、甚至电脑病毒都不奇怪。

“我是看到那个初一男生拿着CD在跑，但不可能知道里面是什么内容。”

那是肯定的，不过——

“什么？你看到那初一男生拿着CD？”

古城小姐冲我点头。

她真的看到那初一男生拿着CD吗？但那三人组应该不会平白无故地对一个根本没拿他们CD的男生穷追不舍。

“我回了一句‘胡说些什么呢？有病吧’，然后三人组看向小由纪学姐，嚷嚷着‘是那个’，就把她围了起来，还大吼‘在你这里吧，快交出来’。”

“小佐内同学是什么反应？”

“学姐问‘你们在说什么’，好可怜啊，她的嘴角都在发抖……”

看来是很害怕呢。不过也有可能是在笑。

“而且那些家伙还抢了小由纪学姐的包，盯着里面看了半天呢。真是令人发指！”

“这的确……很过分啊。”

“他们翻来倒去地看过之后，说了句‘没有’。没有的话收手不就好了？可他们硬是说‘肯定在这人手里’。我想，那个初一男生会不会在被揍的时候撒谎说把CD给了小由纪学姐。否则我想不通那三人组干吗一直怀疑她呀。”

古城小姐推测，三人组被初一男生骗了，因而怀疑小佐内同学，但果真如此吗？她没理会我的思考，喋喋不休地说：

“小由纪学姐都说了她不知道，那三人组还一个劲儿地怀疑她，最后甚至要把她带走。我说‘我要叫老师了’，小由纪学姐说‘没事啦，别闹大了’，结果我也没能阻止他们……学姐就这么听话地跟着那三人组走了。”

“听话地？没被扯着手臂什么的？”

古城小姐不太情愿地回答道：

“是的。三人组冲她说‘跟我们走’，她就听话地……”

她的眼睛又湿润了。

“都怪我！要是我没说什么烤棉花糖就好了！”

不，古城小姐只是说了一句棉花糖可以烤，提出要用篝火烤的是小佐内同学吧？不过我并没有说穿。

“小佐内同学还说了什么别的吗？”

听我一问，古城小姐向我投来愤恨的目光。

“她……”

然后，她支支吾吾的。

我没催促她，沉默了一会儿。不久后，她像是下定决心一般，口齿清晰地说：

“她说‘没事啦，别闹大了，没什么大不了的’。然后……”

“然后？”

“‘去找小鸠同学’……”

啊……小佐内同学料到我吃完纽约芝士蛋糕之后还会留在校园里吗？但是——

“但是古城小姐，你不知道我的联络方式吧？”

“啊，关于这个——”

古城小姐的表情有点困惑。

“她说‘你叫一声他就会来的’。”

我又不是狗。

大概小佐内同学设想的是用校内广播把我叫出来吧。但愿如此。

方法暂且不提，总之小佐内同学让古城小姐去找我。虽然从结果上说，是我自己跑过来了。而由此能推断出的是，因为某些情况，小佐内同学需要我。那么，是为了什么呢?

一般的思路是:因为她希望我去救她，也就是“快来救救被暴力神秘三人组囚禁的我吧”……然而，这样就有点奇怪了。那三人组虽然来路不明，但在这涌入了很多校外人员的文化节当天，拐走女生可不是什么小事。古城小姐如果真打算去叫老师把事情闹大，那三人组肯定不得不罢手才是。可绑架怎么居然还成功了呢?

无他，因为小佐内同学没有抵抗。她对古城小姐说“没事啦”，是为了防止对方引起骚动，自己跟着三人组走了。

真是的！我们分明约好了要相互制止对方的坏习惯，难道小佐内同学全忘了吗？一句话，她这行为是在说:有本事就解开这谜题吧。而谜题就是——

“CD去哪里了呢？”

这才是她的目的所在吧。

5

十月的夕阳渐渐下沉，冷风刮过空旷的操场。耳边传来篝火中木柴爆裂的声响，火焰散出的暖意着实令人欣喜，不过也烤得我的脸颊十分难受。

没人接近站在操场正中央的我们。我以为会有人闻风而来，结果是想多了。现场应该有许多目击者，可大家是不是都秉持着小市民式的消极主义，决定视若无睹呢？假使如此，我或许也该学一学才好。

这时，校内广播突然响了起来。

"下午三点十五分开始，吹奏乐社将在体育馆举行演出。请欲观赏的来宾移步体育馆。再播报一遍……"

吹奏乐器的杂乱声音乘着风飘了过来，乐手们似乎在做演奏前的准备。

古城小姐说：

"CD不是在那个撞上小由纪学姐的初一男生那里吗？我看到他拿在手里的。"

到底是不是像古城小姐推测的那样，因为初一男生撒了谎，所以三人组转而怀疑小佐内同学呢？

不，我不这么认为。

"不是的。三人组已经搜过那初一男生的身，看他有没有CD了。你刚才说他们在那初一男生身上摸索，就是为了这个。然后，他们发现没有，于是通过排除法得出了结论:CD在小佐内同学那里。”

三人组检查了小佐内同学的包，但是没找到CD。接下来他们应该是想搜她的身吧，可周围那么多双眼睛，不可能冲着个穿便服的女生摸来摸去。因此他们打算换个地方，要么让其他女生帮忙搜身，要么强迫小佐内同学把口袋里的东西都掏出来，总之通过某些手段，收回他们认为被她藏起来的CD。

“可是我……没法相信CD会在学姐手里。”

我干脆地点点头。

“我也这么想。如果小佐内同学是揣着CD跟三人组走的，那她应该是为了达成某种交易。这点事小佐内同学一个人也做得到，就没有叫我来的意义了。”

古城小姐一脸茫然的表情，试探地问道：

“那……换句话说，小由纪学姐和那男生手里都没CD……是这意思吗？”

“就是这样呢。”

我停顿了一下。

“CD既不在初一男生手上，也不在小佐内同学手上，那么我们可以认为，是其中一方把CD藏起来了。”

就藏在这附近的某处。

“所以这两人手里都没有CD。那么，是谁藏起来的呢？毫无疑问，是小佐内同学。被追上后又遭殴打的男生是没有这个时间和机会的。”

“说到机会，原本拿着CD的可是那个男生啊。你说，小由纪学姐要怎么才能把CD藏起来呢？”

这个问题问得好。初一男生没有机会，而小佐内同学手里没有CD。

那么，答案只有一个。

“那男生把CD给了小佐内同学啊。”

古城小姐惊讶得张大了嘴。

把发生的状况依次整理下来之后，只能得出这个结论。

“拿着CD逃跑的初一男生撞到了小佐内同学，彼此的东西都撒了一地。这时，意识到自己会就此被追上的初一男生当即把CD给了小佐内同学……应该说托付给了她吧。”

“怎么可能！”

古城小姐一副想笑的表情。

“我可没看到这个情景……”

说到这里，她突然沉默了。

是的。如果先前她的那番话属实，那么在小佐内同学与初一男生发生冲撞后，古城小姐本打算去捡小佐内同学包里飞出来的东西，但听到粗鲁的喊声时她扭过了头。很快，她的目光又跟上了开始逃跑的初一男生，看到他被三人组追上，遭受暴行，于是她发声谴责，吵了起来。

“两人冲撞之后，古城小姐既没有靠近他们，也没有片刻不离地盯着，没错吧？”

我确认了一遍，古城小姐听罢老实地点了点头。

“你的视线离开小佐内同学大概有多久？”

短暂的沉默后，她给了一个透着些懊悔的回答：

“一分钟吧……应该不到两分钟，但至少有一分半。”

“把CD给别人，满打满算也花不了十秒钟。如果只是一句‘请帮我收好它’，那么五秒就完事了。拿到CD的小佐内同学接下来会怎么做呢？看到三人组开始揍初一男生后，她应该会意识到这是一张很重要的CD。逃跑吗？小佐内同学算是跑得快的，但这是在人生地不熟的礼智初中，况且对方还是疑似运动社团的三人组，很难说能否逃得掉。那么，老实地交给他们？这办法不坏。最关键的是，非常符合小市民作风呢。但……小佐内同学并没有这么做。她不仅把CD藏了起来，没交给那三人组，而且还自愿跟他们走了。”

古城小姐微微低下头，篝火的火焰映照着她的脸庞。她像是在思索我说的话是否有理。很快，她仿佛满心钦佩地呢喃道：

“哪怕突然被塞到手里，也不会轻易地把保管的东西交给他人……不愧是小由纪学姐……真勇敢啊……”

“毕竟棉花糖被糟蹋了嘛。”

“跟这没关系吧？”

这个嘛，谁知道呢。

“不过，就算那初一男生有时间把CD交给小由纪学姐——”

古城小姐似乎在一边想，一边说，口吻很谨慎。

“但这可是在操场的正中央啊。况且，时间都不足两分钟。”

古城小姐不了解小佐内同学，并不清楚她那智慧的瞬间爆发力和行动力……九十秒对她来说足够了。

“时间是有了。问题在于，她藏在了哪里，怎么藏的。”

说着，我环顾了一圈操场。

吹奏乐社的演奏开始了，体育馆传来了拉威尔的《波莱罗舞曲》，长笛的音色随风而至。

毕竟是在市区的学校，感觉占地面积不大，但即使如此，这操场也算大的了。

尽管用目测很难抓得准距离，但从两头放置的足球球门来看，这操场的面积足以举行足球赛。而至此为止，仍没有人靠近燃着篝火的操场中心。

教学楼和校门方向时不时有人往这边看。我们这两个杵在操场正中说话的一男一女似乎很引人注目，这状况对小市民来说可不怎么理想。但抛开那些不谈，当下的一个重要问题是这里能藏东西的地方可是极其有限的。除了篝火，周边只有几个装了水的消防桶，还有栽着不知名花草的花盆。

操场上没有画固定的线，大概每次一百米跑或举行足球赛的时候会临时画白线。我再仔细一看，只见有些地方装着金属喷嘴，估计是防尘用的洒水龙头吧。

水桶在篝火旁边围了一圈，共有六个。看起来是白铁皮做的，都刷成了红色，然后用白漆写着“消防用”。桶里都装着水，水位高低不平。

另一边，花盆是长方形的，大小够抱一怀，跟篝火的四面隔了两米远，共有四个。我问古城小姐“那是什么花”，她立刻告诉我说“是雏菊和香雪球”。盛开的花朵高高隆起，覆盖在花盆上，完全看不到本该填得满满的泥土。

“唔……”

在《波莱罗舞曲》的主题不停反复的过程中，各种乐器交替着奏出旋律。忽地，教学楼方向传来响亮的欢呼声，我一扭头，只见有个男生从一扇窗里探出身子，尖叫着“2-B，最棒”。

离我们有些距离的地方散落着几块像是天蓝色或橙色宝石的东西。我走近捡起来一看，那东西在指间的挤压下变了形。吃是不敢吃的，不过我觉察到，这应该是小佐内同学快摔倒时撒出来的棉花糖伴手礼。也就是说，小佐内同学跟那男生就是在离篝火六七米远的地方发生冲撞的吧。那么CD的交接肯定也发生在这附近。

大致状况都清楚了。我交叉手臂低下头，正打算思考一番时，古城小姐以一副比刚才更气势汹汹的口吻质问道：

“喂，我可问你半天了，要怎么在操场正中央藏CD啊？”

“啊……”

我没有松开抱起的手臂，含糊地答道：

“现在能想到的有四种办法。”

我不经意地抬起头，只见古城小姐的眼睛瞪得大大的。发生什么事了？我盯着她看了看，而她好不容易说出来的一句话是：

“那，我们快找呀。”

我歪起脖子思索了一下。既然能想到四种办法，那么根据观察与推理筛选一种才是我的本意。但鉴于这次还得把小佐内同学被带走这回事纳入考虑，所以古城小姐所谓的“动用一切办法去找”倒也不是没有道理。

“那就找吧。”

“从哪里开始……”

古城小姐一副“你指哪儿我去哪儿”的气势。但很抱歉，我要先分散一下她这股势头：

“不过，我想请你再告诉我一件事。我最后见到小佐内同学的时候，她穿着圆领白衬衫，外面是橘色开衫，一手拎着包，另一手拿着两个气球。她被带走的时候也是这个样子吗？”

对方向我投来了惊讶的视线。服装也就算了，为什么连气球都知道呢？难道你在跟踪我们吗——大概她正这么想吧。我无所谓是否被误解，但要是因此问不出结果可就麻烦了。

“先前我从四楼看到你们啦。”

我补充了一句。可即便这么解释，古城小姐还是用一种在估价似的眼神打量着我。但忽然间——

“这么说来……”

她像想起什么似的嘀咕了一句：

“气球到哪儿去了呢？小由纪学姐手里没拿气球。”

“除了气球呢？”

“外观应该和你刚才说的一样。”

“确定吗？”

古城小姐的眉头拧到了一起。

“一只手拎包，另一只手什么都没拿。不会有错。”

我低声“嗯”了一声。就此相信古城小姐的观察倒也可以，但这么一来又出现一个奇怪的现象。那个东西去哪儿了呢？

“别提这些了，如果你说的四种办法不是信口开河的话，那就快点找吧。”

“啊，嗯。”

我随口一应，抬起了脸。尽管我很介意那个消失了的东西，但现在先把可能性都试一遍吧。我举起手，漫无目的地冲操场一挥，说：

“第一，最简单的办法就是扔出去。在三人组跟那男生纠缠的时候，小佐内同学把CD扔了出去。扁平的东西应该能飞得很远吧。”

“哦……”

古城小姐的反应像是泄了气一般。或许她以为会有个更像样的方案。我没怎么在意，继续说：

“操作简便，这是它的优点，但也是问题。CD耐得住温度的变化，但很容易划坏。假如CD从盒子里飞出来，读写的那一面朝下滑过土地的话，就会造成很大的伤痕。但即使这样，考虑到当时情况紧急，小佐内同学也有可能逼不得已就这么干了。所以，得从散落棉花糖的地方开始，我看看……在它半径二十米左右的范围里找一找。”

尽管古城小姐似乎不太接受这种说法，但她还是点了点头。

“明白了，我去找。”

她沉下腰，东张西望地找了起来。我没理会她，继续研究起其他可能性。

“爆米花——要不要——”

不知从哪儿传来了悲鸣般的嘶吼。文化节接近尾声，大家无论如何都想把剩货给解决掉吧。既然都来这里推销了，买一份倒也无妨。我正想着，却发现那一声之后就没了动静，没人往伫立在篝火旁的我走过来。

第二，有可能藏在花盆里吗？雏菊和香雪球什么的长得如此茂盛，把东西藏在下面正合适。反正只有四个花盆，翻一遍也不费力……

我找了找。没有。接下来，第三个办法。

消防桶里会不会有呢？这里头都是自来水，丢进去的话立刻就能从上方发现。但反过来说，不往里看就发现不了。CD也不怕水，说不定藏在水里是个好主意。或者，藏在水桶下面？尺寸上不也正好容得下吗？

水桶有六个，还得每个都拎起来，看一圈稍微有点麻烦。实际上，小佐内同学应该也没那么多时间藏到篝火另一头的水桶里，不过还是顺便都看看好了。

也没有。某个水桶外有水泼了出来，我以为是刚被人动过，但桶里也好桶下也罢，都没发现CD。

那这么一来……我盯着篝火的火焰，叉起了手臂。

配合着《波莱罗舞曲》不断重复的旋律，我一只脚轻轻地打着拍子，此时古城小姐气喘吁吁地跑了过来。

“没找到呢。可能并不是扔出去了。”

我正好在琢磨事，不小心回答得有些马虎——

“是啊，我想也是呢。”

“喂……”

完蛋。意识到她声音里包含的抗议，我急忙换了一副表情。

“不是，抱歉。我不是想让你白费力气。哪怕可能性很小，我觉得姑且还是调查一下为好。我也到处找了找，但是没找到。”

古城小姐看了看手表，然后不由自主地扭头望了望教学楼。垂下的四块条幅随着微风轻轻地摇曳着。

“光在这里耗着也找不到小由纪学姐啊！四处问问有没有人看到那三人组不是更快吗？”

“就算找到他们，我们也不可能以小佐内同学为筹码跟他们干上一架。我们手里得有牌。”

“话是……没错啦……”

我也不是不明白她那焦躁的心情，可要慌神还为时尚早。我直勾勾地注视着古城小姐，说道：

“你再想想看嘛。冷静下来，仔细想一想。小佐内同学当时拿着什么？有没有少了什么？线索肯定就在这里。现在还不是下定论说找不到的时候。”

我已经确信，CD应该就在那里。但是我完全想不通，要怎么做才会令它成为可能呢？

“小由纪学姐当时拿着什么，有没有少了什么……”

古城小姐嗫嚅着，抬头看向秋季的天空。我也跟着她仰起头，只见一只老鹰似的鸟在高高的天际一圈一圈地盘旋着。《波莱罗舞曲》的旋律也逐步进入了高潮。

“三人组往小佐内同学的包里瞄来瞄去，发现里面没有CD——这里很奇怪。在使出绑架之类的强硬手段之前，难道不该再仔细地搜一搜包吗？”

古城小姐的不满溢于言表。

“你是指口袋吗？既然一眼就判断出包里没CD，只能说明那是一个没有内袋的包吧？”

“不，不是口袋。”

我低头看着散落在操场上的那些宝石般的甜点。那是小佐内同学特意买的伴手礼。她或许想象过，古城同学收到礼物该有多欣喜吧。而一想到这儿，就连我也能理解她那份遗憾了。

“是棉花糖的盒子啦。”

“盒子？”

古城小姐像是丝毫没考虑过这一点似的，复述了一遍。

“如果包里塞了盒子，而三人组光看了包就说‘没CD’的话，那就很奇怪了。从我刚才听到的来看，棉花糖盒子的尺寸应该足够放下CD不是吗？他们应该会把盒子从包里拿出来打开看看，或是晃一晃，总之会采取一些行动才对。”

“他们会不会是想绑架了小由纪学姐之后，再慢慢检查……”

“哪怕是这样，可他们当时就说‘没有’，也很蹊跷。”

我吁了一口气。

“也就是说，棉花糖的盒子不见了。”

古城小姐迷惑地问道：

“可这么一来，问题只会变得更复杂了不是吗？”

不，不是。这么一来，问题的焦点就集中到了一处。只差一步……可就这一步，我却怎么都迈不过去。

“小佐内同学说了‘去找小鸠同学’对吧？你能回忆出确切的原话是怎样的吗？”

我这么说并不是在为难古城小姐。如果小佐内同学留下了线索，那么被古城小姐听到的可能性很大，所以我顶多只是想证实一下。然而古城小姐像是很受伤似的低下头，喃喃地说：

“我什么也没听见……”

我不禁仰天长叹。是她太玻璃心了吗？还是说，哪怕我用的是平常的口吻，也不会因此被伤到分毫的小佐内同学才是特别的呢？可无论如何，我都干坏事了。

“对不起，我不是说古城小姐故意隐瞒了什么。”

“小由纪学姐说了‘去找小鸠同学’。”

“嗯，这我记得。”

“除此以外，她只说了一句‘问问他，蛋糕好不好吃’。”

这不是还说了吗?!

小佐内同学和古城小姐一起逛了文化节，然后说起要用篝火烤棉花糖。她们先去找人要了竹签，接着来到了操场。棉花糖盒子由小佐内同学拿着。大家各自用竹签插上棉花糖，正准备烤的时候，一个初一男生跑了过来，撞上了试图躲开他的小佐内同学。棉花糖撒了一地，小佐内同学包里的东西也飞了出来。根据刚才的推理，初一男生在这个时候把CD给了小佐内同学。

三人组追赶着初一男生，追上后一顿围殴，接着开始搜他的身。可以想到，小佐内同学趁此间隙把CD藏了起来。三人组发现CD不在初一男生手里时，转而盯上了刚才和他有过接触的小佐内同学。小佐内同学没有反抗，但吩咐古城同学去找我，同时留下了一句“问问他，蛋糕好不好吃”。

这不可能没有关系。藏CD的地方和小佐内同学那句谜一般的话之间，肯定存在着某些关联！

“她说的蛋糕，是指那个芝士蛋糕吧？”

古城小姐仿佛被气势十足的我吓到了似的，点头如捣蒜。

“我，我想应该是的，纽约芝士蛋糕。”

小佐内同学在用那蛋糕暗示我。芝士蛋糕……纽约芝士蛋糕……她到底是什么意思呢？

那块蛋糕是雪白的，口感绵密，非常好吃。我跟她聊了聊关于“巅峰美味”的话题。那些内容中有哪里隐藏着暗示呢？

然后，我问了她蛋糕的做法。方形平底盘和烤箱，以及——

“古城小姐，你说纽约芝士蛋糕是怎么烤的来着？”

“啊？那个……水，水浴法？”

就是它！

往方形平底盘中注水，放入填满蛋糕材料的模具，放进烤箱烤。先前我还没想明白，这么干到底有什么效果。太迟钝了。水浴的目的真是再明显不过了吧。

“古城小姐！”

“在，在！”

我冲着不知为何僵硬地保持立正姿势的古城小姐叫道：

“去点心制作研究会，把夹蛋糕的夹子拿来。快……跑起来！”

“是！”

她没问理由，也未流露不满，而是像离弦的箭一样冲了出去……说不定，她就是这种拒绝不了强势对象的性格。

但愿她别遭罪就好。

6

篝火烧得红红的，井字形中间的柴火不时爆发出“噼啪”声。听着体育馆那边传来的《波莱罗舞曲》，我只是一味地望着那火焰。

不到三分钟，古城小姐就回来了。她喘着粗气，一手支着膝盖，另一手向我递出了夹子。

“拿……来了……”

“谢谢。”

我拿着金属夹子“咔嚓咔嚓”地开合了几下。有了它就完美了。我扫了一眼累得头也抬不起来的古城小姐，然后从散落棉花糖的地点径直往篝火走去。

“把东西藏在最显眼的地方，可以说是一种惯用手段。但正因如此，这手段也不怎么好用吧。就算指望出其不意，但是把东西藏在那种只要稍加留心就马上能发现的地方，风险也太大了。”

热浪冲击着我的额头和脸颊。对了，我想起这里有个泼出了水的水桶。那是取水的时候泼出来的吗？

“不过，这里最显眼的是火，假如要藏的东西是可燃物，那就另当别论了。因为可燃物没法藏在火里，所以人们不会去那里找。以前我看过一部电影，有人不小心把会浮在水面上的东西藏在水里，结果关键时刻全部漂起来了呢。那部电影拍得挺好的。”

我探头往火里看了看，发现搭起来的柴火间存在缝隙。热风吹来，我眯起眼睛。在火焰深处看到了我想找的东西之后，笑意不由得浮上了我的嘴角。从体育馆传来的音乐终于到了最高潮。

“而反过来想想，如果这东西不可燃，或者至少暂时不可燃，那就能藏在火里。况且，CD对温度变化的耐受程度还是很强的嘛。”

古城小姐的肩头随呼吸上下起伏着，她问道：

“可是……总会有个限度……”

“没错，有限度。”

我转过身，微笑着说：

“放进三四百摄氏度的火里当然是胡闹。那么，如果最多只有一百摄氏度呢？CD也很耐水的。”

听到“一百摄氏度”和“水”这两个词，古城小姐抬起头来。

“这样啊，所以说，纽约……”

反应很快嘛。不，果然只是我太迟钝了吗？

烤纽约芝士蛋糕时，往方形平底盘里注水只是为了抑制热传导。不论烤箱里有多少摄氏度，哪怕几千摄氏度，和水接触的部分都不会超过一百摄氏度。因为水的沸点最高也就一百摄氏度，气压低的话，连一百摄氏度都到不了。

我将夹子从圆木的缝隙间伸了进去。

好像夹到什么了。我慢慢把那东西往外拖……对了——我有了新发现。竹签也从现场消失了。为了把这东西推进火的深处，小佐内同学用上了竹签，然后她一定是把用过的竹签扔进了火里。

我握紧夹子往篝火外面拖。夹子前端牢牢抓着的，当然就是棉花糖的盒子。上面沾着煤灰，已经发黑了。

“真该请你把烘焙手套也拿来。”

我一边说，一边把盒子放到地上，然后把装着水的消防桶拎了过来。一口气浇下去的话，不知那温差会捣出什么乱来。于是我用手捧起水，一点点地往盒子上泼去。

“明明是纸盒……明明在火里……”

“因为火下方的温度比较低，而且纸的燃点意外的还挺高的呢。华氏四百……多少摄氏度来着。况且……”

我放弃了这让人不耐烦的冷却作业，抓起衣服的一角充当手套，揭开了盒盖。

“只要盒子里装满水，里面就不会超过一百摄氏度，跟纽约芝士蛋糕是一个原理。”

盒子里有水溢了出来。到刚才为止盒子都一直在火里，冷水恐怕已经变开水了吧。而在它的底部，塑料盒里的CD在火焰与太阳的照射下散发出彩虹般的光芒。我用夹子夹住它，从水里拎了起来。

“没错。终于找到了。”

将棉花糖盒子沉入消防桶里装满水，然后把CD放进去，再放入火中。这就是小佐内同学为了藏CD而采取的行动。

古城小姐重重地长叹了一口气。

“小由纪学姐在区区九十秒里想到了这种办法，然后准备好一切，付诸实际行动了？”

她再次急喘一口气，嘀咕道：

“难以置信……”

说起小佐内同学的时候，古城小姐的眼中总会闪现出有好感与感兴趣的光芒。

然而此刻，却并非如此。假若我没想错，当下浮现在她眼中的，或许是一种近乎恐惧的神色吧。

7

好几种乐器奏响的音色将乐曲推向最高潮后，演出结束了。操场上可以听见体育馆里传来的掌声。

“我……”

古城小姐接过还残留着些许温度的CD，举起它对着天空。

“我还想过，小由纪学姐会不会把CD绑在气球上放飞了呢。”

“啊哈哈。”

有趣是有趣，但这么一来可没法回收了啊。那气球单纯是冲撞的时候脱手飞走了吧。

“总之，只要把这CD还给那三人组，就能把小由纪学姐救出来了对吧？”

听古城小姐这么问，我感到自己似乎博得了她的些许信赖……但令人痛心的是，我或许要破坏这份信赖了。

“怎么可能。”

我对着惊呆了的古城小姐摇摇头说：

“这么做的话，小佐内同学会伤心的。如果只是简单地把CD还给他们，小佐内同学早就自己给了。”

“可那是因为她不想马上把保管在自己这里的东西给出去……”

“我们去给的话，结果也一样啊。你觉得小佐内同学为什么要把CD藏在火里，而甘愿自己被抓呢？”

更进一步说，她为什么要把我叫过来呢？

“嗯……这个嘛……”

面对支支吾吾的古城小姐，我肯定地说：

“小佐内同学在争取时间。她希望我能在这期间把CD找出来。”

“为什么？”

“当然是为了调查CD的内容啊！”

那个初一男生因为持有CD被三人组袭击，而小佐内同学从他手中接过了这张CD。此时，她的棉花糖已经被糟蹋了，拿来的两个气球已经飞走了，回家前再吃一次纽约芝士蛋糕的愿望估计也化为了泡影。以小佐内同学现有的小市民道行，还不足以让她乖乖说一句“哦，是你们的吗”，就把CD还给三人组。

CD里隐藏着某人的秘密。想去一探究竟的心理还算是在正常的好奇心范畴之内吧。尽管我并不清楚，她是否还打算利用这秘密去为棉花糖和纽约芝士蛋糕报上一箭之仇。

“是吗……”

古城小姐呆呆地轻声说道。

她把小佐内同学当成兴趣相投的姐姐，对其仰慕不已。即使在马卡龙事件中近距离见识了小佐内同学的犀利作风，她仍旧觉得小佐内同学十分可爱，这一点就连旁人也看得明明白白。可如今，她窥见了小佐内同学的某种行事风格，怕是受到了些许打击吧……

“不愧是小由纪学姐！”

“啊？”

“难道不是吗？那个三人组明显不是什么好东西。既然是他们要找的CD，里头肯定记录了什么坏事！为了不让他们隐藏证据，小由纪学姐挺身而出。她真是太威风了！”

闪耀的光辉重新回到了她眼中，古城小姐像是难掩激动之情，举到嘴前的双拳不停地颤抖。

啊——嗯。她说得没错。至少那三人组的确很粗暴，CD里应该记录着对他们不利的东西，为了不让CD落到他们手中，小佐内同学甘当诱饵。尽管这些都跟事实相符，但那微妙的偏差感又是怎么回事呢……

“既然决定了，那就Let's go！”

“Le……Let's go？”

我还是第一次遇到真的把“Let's go”说出口的人呢。

“我认识计算机社的人。交给他们的话，能看到里面的内容，肯定还能帮忙拷贝。快走吧！”

计算机社的活动室在这几栋教学楼的其中之一。此时正值文化节的尾声，楼道里相当拥挤，光是为了跟上古城小姐我都费了很大劲，途中就已迷失了方向。现在应该是在三楼，但说不定是四楼。

计算机社的活动室似乎是挪用了闲置的空教室，这里大门洞开，门旁摆着一块写了“再现红白机”的牌子，但是上面又贴了一张纸，写着“动不了了，结束”。也就是说，计算机社的社员目前很闲，那应该好商量了。

古城小姐认识的计算机社社员是一个肩膀宽厚腰身紧实，有着完美体型的魁梧男生，明明只念初中却比我这高中生还高一头。他的五官虽然很英朗，但态度非常温和，又请我们坐又让我们喝麦茶。其实，他也是目前留在这活动室里的唯一一个社员。见古城小姐托他读一下CD，他什么都没问便笑着说：

“行啊。”

真是个好人。

“台式机用来做活动了，不过读碟的话用笔记本也行。”

“是吗？那就麻烦你啦。”

古城小姐把那张CD给他后，这位计算机社社员露出了讶异的表情说道：

“这怎么，有点热乎乎的呢……”

看来CD上还有些余温，不过笔记本电脑倒也正常地读了起来。大概是对电脑不太熟悉吧，古城小姐一副相当不安的表情，凝视着画面问：

“怎么样？”

“什么怎么样……很一般啊。里面……只有一个名叫‘秋季集训’的视频。才四分钟左右呢，好浪费容量啊。播一下没事吧？”

古城小姐点点头，于是社员播起了视频。

画面上出现的是铺着榻榻米的宽敞空间，里面站着十来个身穿道服的男生。

“空手道？”

那社员嘀咕。但他们开始练习后，我们立刻明白这并不是空手道。他们相互扭打、拉扯、甩出。原来CD里的是柔道的练习景象。古城小姐说：

“这是我们学校的柔道社吧？”

无声的自由练习仍在继续。这时，一个系着黑带的高大男生和一个身高只有前者的三分之二，五官也颇显幼稚的男生开始了扭打。

“请问，这视频没声音吗？”

古城小姐问道。计算机社社员“哎呀”了一声，解除了静音功能。

扬声器里立刻传出大声的叫喊：

“拿出气势来！气势！声音声音声音！吼出声音来，声音再大点啊！干劲干劲！”

我不由得身体一缩。脸与画面离得很近的古城小姐尖叫着捂起了耳朵。

“啊啊，抱歉抱歉。”

计算机社社员自己也扭曲着脸，调小了音量。

屏幕上，被教训要出声的柔道社员拼命地扯着喉咙。但估计他还没变声吧，发出的声音又尖又细。他无数次揪起那像是高年级的黑带男生的衣领和袖子，但一看就知道，双方的体格差异实在太大了。

“再用点力！给我动真格啊，动真格！声音，我说声音，我说声音声音声音！我叫你出声啊，不把我放在眼里吗？”

对方几乎是惨叫着撞过去，试图使出技巧，可黑带男生依旧岿然屹立，纹丝不动。

“用技巧啊技巧！像你这样，拍视频有什么用啊！”

他嚷着，下一个瞬间——

“我不是叫你拿出气势吗？”

随着黑带男生那尤为响亮的怒骂，小个子的身体翻了几个圈。我不知道这技巧叫什么名字，反正他就像自己起飞一般被利落地甩了出去，一声重重的“咣当”回荡开来。

“喂，别躺着啊。要是因为你而输了比赛，你付得起这个责任吗？有点责任心啊，责任心！喂，快起来。没干劲的话不如回家，不如退社吧！我问你要不要退社啊喂！”

可是倒下的男生就这么仰躺在榻榻米上，完全没有爬起来的意思，甚至一动不动。

“学长，那个……”

近处的其他社员提心吊胆地叫了一声，犹犹豫豫地伸出手来。然而这位被称为学长的男生瞥都不瞥他一眼，而是背对倒下的男生往前走了几步。然后，突然转身大吼了一句：

“不许偷懒啊！”

接着，他抬脚往那倒下的男生胸口踩去。

“呀……”

这是古城小姐发出的惊叫吧。扬声器里传出了沉闷且令人厌恶的声音，是那倒下男生的惨叫。画面也因拍摄者的受惊而剧烈地晃动了一下。

被称为学长的柔道社社员又抬起腿来，打算再踩一下。倒下的男生颤巍巍地举起手，保护着自己的身体。哪怕是看视频也能发现，他的脸色已经相当不对劲了。

“学长！不好啦！”

大概是这次听到了其他社员的声音，学长放下了腿。

“交给你们了。”

几个人冲向倒下的那个柔道社社员，其中一人喊了起来：

“保健室！快叫校医来，说不定伤到骨头了！”

被称为学长的男生一脸不悦地站在一旁，很快他注意到了摄像机，往镜头走了过来喊道：

“喂，要拍到什么时候，快关了！”

画面又一次剧烈摇晃了一下，变成了黑屏。

“我听到过一些八卦。”

计算机社社员说：

“据说，一直任教到去年的教练教得很细致，所以我们学校的柔道社才越来越强了，可是这人辞职以后，柔道社一直到现在都没有教练。顾问老师不懂柔道，因此也几乎不会在练习时露脸，结果就变成由高年级学长来严格指导学弟。如果只是严格一点，那倒也罢了……”

“我也知道。”

古城小姐接话道：

“听人说，柔道社出了好多事故。这次文化节本来有练习赛的展示，可眼看就快到的时候有人受了伤，结果就取消了。”

计算机社社员查看了一下视频的详细信息后说：

“这视频是上周拍的。你说的受伤，就是这件事吗？”

既然用的是格斗技，那么被甩出去的人确实有可能站不起来。小个子男生没能顺利地用受身技巧保护好自己，所以摔晕过去了吧。

不过，踩踏倒地对手的胸口导致其受伤，可不能算练习中的事故，而是故意的了。

这下，我算是大致明白了今天发生的一系列事情的前因后果。

“柔道社是为了研究动作而拍摄了练习时的视频吧？所以，那个场面不小心被拍了下来。不知是拍摄者还是其他社员，总之是社团里的某人觉得要让社外的人观看这段视频。”

“是为了举报吧？”

古城小姐说。

“恐怕是吧。这人想让社外的人知道，现在柔道社成了这样子。今天的文化节还有不少校外人士参与，所以这人是不是打算在哪里播一播，让大家都来看看呢？不过，估计这人也没那么大的胆子，可能就是想给校长瞧瞧，但不巧，这计划在今天被发现了。”

“不管怎样，拿走视频数据这事算是败露了。”

“你们学校的柔道社好像还晋级秋季大赛了是吧？也许是有社员觉得，大赛前流出了这种视频会很麻烦吧，所以就追了过来。”

“被追的初一男生在逃跑途中撞到了小由纪学姐……”

追上初一男生的三人组也是柔道社社员吧。小佐内同学是被卷入了内部纠纷。

古城小姐的手肘支在课桌上，抱住了脑袋。

“看过这内容以后……就不能交给那些家伙了。但是，又不得不去救小由纪学姐……”

计算机社社员不由得问我：

“小由纪学姐是谁？”

“啊，她是我的朋友，现在被柔道社的人抓走了。对方误以为她拿着这张CD呢。”

计算机社社员瞪圆了眼睛。

“这，不是超级糟糕吗？”

这个嘛，可不好说。

如果那三人组只是单纯的不良少年，那么这状况的确相当危险，但现实似乎并非如此，这部分我要怎么解释才好呢？

“跟柔道社做个交易吧！”

古城小姐忽地直起身，嚷道：

“用校内广播把他们叫出来，说CD在我们这里，放了小由纪学姐。当然，视频要拷贝一份留着，然后，然后……”

就在这时——

“可大不必！”

听到这突如其来的声音，我们都扭过头去，只见一个露着诡异冷笑的女生正交叉着胳膊靠在敞开的大门口。我们三人发出了三种叫声。

计算机社社员：“你谁啊？”

古城小姐：“小由纪学姐！”

而我：“是‘大可不必’，对吧？”

小佐内同学用力地点了一下头，然后冷冷地微笑着，重新用低沉的声音说了一遍：

“大可不必。”

8

文化节将在下午四点结束，随后就进入最终庆典。据说大家会围在操场的篝火旁唱歌跳舞。我也挺想去瞧瞧的，但收尾工作似乎必须在四点前结束，为了不给学生们添乱，我和小佐内同学便早早地离开了礼智初中。

我在地铁里问起她关于事情的始末。

“我被那些男生们带去了武道场，我想想……大概有十个人把我围了起来。他们威胁我交出CD，真吓人。”

小佐内同学就像在说小时候很害怕游乐场的鬼屋似的，一脸若无其事。

“但是，因为我手里有这个——”

她从那个小波士顿包里拿出来的，是她的学生证。

“我就在想是不是这个呢。不过，亏你还随身带着啊。”

“我得随身携带学生证以便随时证明我是高中生。小鸠同学才不会懂这种心情呢。”

嗯。

发现CD中的视频是柔道社的练习情景时，我就预想到小佐内同学应该会平安归来了。因为，不管哪个学校，都极其讨厌内部发生的纠纷跟外部人员扯上关系。哪怕具体到每个人身上会有不同程度的差异，但无论老师还是学生，一般都会有这种倾向。别说市外了，这位从县外过来的高中生完全就是礼智初中以外的人，我觉得柔道社对小佐内同学施加重压的可能性非常小。不过，我实在没想到她会随身携带学生证这张王牌。

“即便知道了我是高中生，可能一开始他们还是不愿相信吧，硬说我在吹牛，可后来他们就像霜打的茄子似的蔫儿了。他们姑且再次要求看一下我的包。给他们看过之后，他们就说你可以走了。”

“难道不是‘不愿相信’，而是‘没法相信’吗？”

此时地铁恰好快接近车站正在减速，我的嘟囔被刹车的声音盖了过去，小佐内同学似乎没有听到。

“我觉得小鸠同学找到CD后应该会接着去找能读盘的地方，所以我就去了计算机社。你们看视频的时候，我就在你们后面。但是谁都没注意到我呢。”

“所以你才说了那种亮相台词啊？”

“我很想说一次看看嘛。”

啊，居然没害羞。

地铁再次启动，车内传出了“下一站，名古屋站”的广播。

“但是，这样没问题吗？”

我一问，小佐内同学露出了迷惑的表情。

“你指什么没问题？”

“那段视频。”

小佐内同学先前表示:不需要视频的拷贝，也不需要那张CD。说实话，我稍感意外。按她的性格，我觉得她应该会设法让那视频发挥出最大效果才对。

“你的棉花糖不是都被糟蹋了吗？”

“是啊。”

小佐内同学盯着地铁那漆黑的车窗，事不关己似的说：

“我明白小鸠同学想说什么。棉花糖暂且不提，我本打算最后再去一趟咖啡馆，吃一块纽约芝士蛋糕，跟古城小姐她们道个谢再回家的，可全泡汤了。真的好遗憾啊。”

果然，她并非一点儿也不介意。但即便这样，她也没有把礼智初中柔道社的把柄抓在手里。

“你原谅他们了，是吧？小佐内同学，你很了不起。这可是非常棒的小市民啊。”

她对我这发自内心的赞扬有些不好意思，把脸稍微扭向一边，说：

“谢谢……但是，小鸠同学有点误会了。我虽然没有收下那张CD，但是把它留给计算机社了。”

我猜不透小佐内同学的意图，于是以沉默催她继续说。

“计算机社里有计算机，手边有着这么恶劣的视频，想必计算机社的同学们对现在的柔道社不会有什么好感。”

啊，是这个意思。

“说不定，他们会放到网上去吧。”

小佐内同学用手指绕着黑发，望着什么都看不见的车窗。那漆黑的车窗像镜子一般映照出她的侧脸。

“他们肯定会这么做的。我感觉到那股迹象了嘛。”

她居然说“迹象”……

那段视频要是扩散开来，礼智初中的柔道社肯定名声扫地。秋季大赛出不出得了场都难说。但要是跌到谷底，之后可能会慢慢变好。或许顾问老师会更加频繁地到场监督练习，或许还会来新的教练。再不济，哪怕到了废社的地步，至少初一学生们能逃离目前的环境。

地铁接近名古屋站，开始减速。小佐内同学大概没有发现，我正注视着她那映在车窗上的脸。不然，她应该不会露出这种表情。这种……冷彻骨髓的笑容。她冲着窗户上自己的倒影嗫嚅道：

“所以我才什么都没干呀。”

柏林炸面包之谜

1

一年即将迎来尾声。某天放学后，我拿着调查问卷往新闻社的活动室走去。问卷的内容是了解学生们对校规修订的意见。虽说答不答随意，但由于我们还不习惯这种“答也可，不答也可”的自由，因此全班同学都作了答。截止日期还早，不过既然大家都答完了，便也没理由拖着不交。话说回来，之所以会让我送去新闻社，是因为放学后我在教室里收拾东西留得晚了点，班委的某同学便拜托我说：“小鸠，你跟新闻社的堂岛关系不错是吧？能不能麻烦你帮我交过去啊？”这里存在两大谜团。其一，为什么班委会知道我的人际关系？其二，为什么他会误以为我跟堂岛健吾关系不错呢？

正当我一头雾水地走在西晒的走廊里时，一名伫立在窗边的女生引起了我的注意。她的波波头在微风中摇曳，胳膊支在窗框上，眼睛盯着外面渐渐降临的暮色。那不是别人，正是小佐内同学。她可不是一个会在放学后的走廊上摆造型的人，这到底是打的什么主意呢？于是，我叫了她一声：

“小佐内同学。”

她转过脸来。看到她的表情，我不由得愣住了。泪珠正从她的眼中滚落。她面颊微微泛红，嘴唇也像涂了口红一般红通通的。一看就知道事情非同小可，但我一时想不出该说些什么。面对张口结舌的我，小佐内同学勾起小指擦了擦眼角说：

“哎呀，小鸠同学。”

她勉强挤出一个坚强的笑容，然后很快把头扭向一边，口齿不清地喃喃道：

“吓到你了吧。对不起，我太不像样了呢。”

“是不是……发生什么事了？”

“什么也没发生。对不起，我先回家了。”

接着她一转身，小跑着消失在走廊上。我心中怀抱着成为小市民的梦想，但我并不惧怕去揭露隐蔽的事实，对此我颇有自负。然而刚才那番交流实在太短，我能判断出来的仅仅是小佐内同学大概碰上了什么伤心事。看来，还没轮到我出场吧。

然而，我事后回顾时发现没轮上的或许不是我，而是小佐内同学。因为那之后我遭遇了某个奇妙的事件，尽管没想到这事居然会让我去帮忙解决，但是小佐内同学从头到尾都没有登场。在我与谜题对峙的时候，她并不在我身边。而事实上，这还是我们发誓缔结互惠关系以来的第一次。

2

新闻社的活动室是位于一楼的印刷准备室。大门敞开着，于是交问卷前，我先窥视了屋里一番。

堂岛曾偶然跟我提起过，活动室是一个欠缺整理的地方，而实际上这里比我想象的更混乱。纸、纸、纸、白板，然后又是纸、纸、纸，甚至还有个小冰箱。一张正对门的大桌占据在这狭小房间的中央，左右靠墙的一点点地方还塞着几张单人课桌和椅子。

大桌上放着一个白色的盘子。四名学生正探着脑袋往盘子里瞧，个个面露难色。我发现，其中一位光看外表很难想象是新闻社社员的魁梧男生便是堂岛健吾。

“原来是常悟朗啊。怎么了？”

你这“怎么了”问得可真好。

“我是来送新闻社发的问卷的。”

“哦哦，是啊。”

健吾那尴尬的表情看起来也很一本正经。

“麻烦你跑一趟了。你们班很快嘛。”

“要是新闻社能来收就好了。”

“按理说是该这样，但我们没那么多人手能跑遍所有的班。”

我把问卷交给他，事情就算办完了。正想回家时，我发现活动室里的气氛有点异样。原本，四个人默默地围着桌子就已经不太寻常了，而且不知是不是我的错觉，他们还在用试探的目光注视着彼此。怕是出什么状况了吧？我用眼神询问健吾，于是他交叉起手臂，轻叹一声说：

“常悟朗，现在有空吗？”

“倒是没什么事。”

“那就好。其实我们现在碰上点麻烦。方便的话，能不能跟你商量商量？”

我发过誓，要和小佐内同学一起走小市民路线。身为一介小市民，是不会轻易涉足无关团体的麻烦事的。

可既然是堂岛健吾亲自来求助，那我就真没办法了。虽然下此决断十分艰难，但是只要能帮上健吾一点忙，不管商量什么我都会欣然奉陪。

“行啊，有什么事呢？”

“瞧你那乐呵样……”

才没有呢，这决断下得很艰难。

活动室里的另外三人向健吾投来了责备的视线。虽不知道具体发生了什么，但健吾独断独行地找社外人商量，他们当然不会高兴吧。其中一个微胖的男生言辞间满是不耐烦：

“喂，堂岛，怎么回事啊？你要跟他讲吗？”

“这事又没必要保密，况且总比我们这么大眼瞪小眼要强吧。跟别人描述的时候，我们或许也能理理自己的思路。而且……这个小鸠常悟朗啊，时不时会有一些古怪的发现。”

你这评价人的方式也太拐弯抹角了。那男生看起来仍有些不满，但他似乎并不想跟健吾起口角，只嘟囔了一句“这算什么嘛”便没再出声。

“真木岛，杉，你们呢？我跟这家伙商量一下没关系吧？”

那两位女生对视了一下后，高高瘦瘦的那位简短地答道：

“也好啊。”

“行，那就这样定了。”

健吾点了一下头，先把拿在手里的问卷往墙边的文件山上一堆。接着，他指了指放在大桌上的盘子，口气略显沉重地说：

“问题就是它。”

圆盘子，白色，直径二十厘米左右，里面空空如也。

“哦，也就是说，这个是……盘子对吧？”

“闭嘴听好。”

哦。

“世界上据说有一种叫Berliner Pfannkuchen（注：柏林果酱包）的点心，虽然我以前是不知道的。”

尽管一秒前他才叫我闭嘴听好，可我实在闭不上嘴——

“你说Ber……什么？”

“Berliner Pfannkuchen。”

“抱歉，再说一遍。”

“Berliner Pfannkuchen。”

但愿并不是我的听力特别差，只是健吾说得有点快，我听不太清。

“Berliner……”

健吾像泄了气似的摇摇头说：

“就是一种德式的炸面包。”

原来如此，我总算懂了。

“从名字就能知道，这是柏林的名产，一般是拳头那样大小。这面包不仅用油炸过，里面还塞了果酱。据说德国人过年时有种传统游戏，人们会准备大量这样的炸面包，挑几个往里头塞进黄芥末酱，大家一起吃，看谁会吃到。”

“看来类似的游戏真是遍布全球呢。”

“最近，学校附近开了一家德式面包房。听说他们也在卖这种面包，我们就向他们约了采访，打算写一篇主题为‘外国人过新年’的报道登在《船户月报》的十二月号上，他们爽快地答应了。然后社里决定，不仅要采访，还要实际玩一玩这游戏，让吃到黄芥末酱的人来写这篇报道。我们便按人数准备了炸面包，放在了这个盘子里。”

所以桌上才有个盘子啊。

“然后，大家同时吃下了面包。”

我想象着那个听到一声令下之后，把果酱炸面包填满腮帮子的健吾，光想都觉得好笑得要命。但是，别看健吾长得粗糙，他对怎么泡出好喝的可可还特别有讲究，所以他应该挺爱吃甜食的吧。

“好吃吗？”

听我一问，不知为何，健吾一副愁眉苦脸的模样。

“问题就在这里啊。”

“不好吃吗？”

“不，很好吃。”

“那不就没问题了吗？”

“所以这就是问题嘛。你听我说，所有人都表示很好吃。”

我的视线不由得在大桌周围的其余三人身上扫了一圈，他们好像都是一副难以接受的表情。健吾加重语气说：

“这不可能。应该有一个人吃到了黄芥末酱才对。可是，没人承认自己吃到了。我叫大家别开这种无聊玩笑，但人人都坚称不是自己。”

微胖男生插嘴道：

“还包括堂岛你哦。”

健吾用力地点了一下头说：

“没错，还包括我。”

然后，他向我问道：

“常悟朗，你能不能推断出，是谁吃到了那个有‘奖’的炸面包？”

我都想跟健吾道歉了。我向来觉得，新闻社每月发行一次的《船户月报》上登的都是些缺乏趣味、可有可无的文章，诸如众人皆知的运动会战果，或是修学旅行的目的地。谁知，为了新年特集，他们居然挑了很少见的德式炸面包来写报道，我真是有眼不识泰山。既然是这样一个策划案遭遇了危机，那我可得好好露一手才行啊。

“明白了。虽然我也不知能不能推断得出来，不过请大家把情况都跟我讲讲吧。”

我谦虚地说着，先询问了在场四人的名字。

堂岛健吾就不必赘述了。

男生门地让治，胖胖的体形，偶尔会不满地嘀咕两句。

女生真木岛绿，高高瘦瘦，表情也好举止也罢，都毫不隐藏对我的不信任。

女生杉幸子，身形娇小，戴着圆眼镜，感觉对事态发展有点困惑。

健吾以外的三个人都是新闻社所属的高一学生。他们是“嫌疑人”。

我瞟了一眼时钟，下午四点四十五分。

“吃了炸面包的就是这四个人吧？”

健吾点点头。

“试吃的时候，盘子里是有四个炸面包对吧？”

“没错。”

“然后，只有一个加了黄芥末酱。”

“是啊。”

能与人简洁地沟通是健吾的一大优点，但现在我希望他能再谨慎一点。

“不好意思，健吾，能否只把你可以保证准确无误的事实告诉我？”

健吾稍微皱了皱眉，不过很快点点头，重新说道：

“抱歉。我们在试吃前，盘子里有四个炸面包，其中有一个是已经加了黄芥末酱的。真木岛、门地、杉和我四个人，每人吃了一个炸面包，但没人说自己吃的面包里有黄芥末酱。之后，我们就没动过盘子。”

“明白了。谢谢。”

那么——

这次，健吾让我帮忙找出那个吃到了黄芥末酱炸面包的人，也就是“犯人”。给乍看之下不可理喻的状况做出新的合理解释，或是推测他人究竟隐瞒了什么，这些事对我来说都不算难。然而，要仅靠推理就完美地指出“犯人”是非常困难的。说得极端点，神秘怪盗向新闻社社员们施以催眠术后偷走黄芥末酱炸面包的可能性尚且不为零，即使没那么离奇，也完全有可能单纯因某人的致命误会而造成。如果对所有可能性都一视同仁，认为所有发言都真假难辨，那么就不可能以十足的准确性指出“犯人”。所以，我姑且在自己心中定下了几个前提：

其一，我要相信，只有健吾断定的才是准确无误的事实。

其二，我要认为，这事件跟超常现象丝毫不沾边。

其三，我要承认，“犯人”的行为有着他或她自己的合理性。

即使遵循这三点，当下我也能想到好几种可能性，然而现在不能着急，先把条件理清楚吧。

首先，我要了解一下这房间的内部状况。

这里是位于教学楼一楼的新闻社活动室，名叫印刷准备室。隔壁是印刷室，但印刷室和这准备室之间居然没有相通的门。难道是因为出了走廊立刻就能进印刷室，所以没必要多开一个门吗？这里的门是拉门，从我来时起就一直敞开着。

站在门前往里看，整个房间是狭长形的。门的正对面有一扇拉着窗帘的窗户，房间正中放着一张大桌。大桌上收拾得很干净，只摆着一个装过炸面包的白盘子。

墙边有一排纸箱和书架，每个都堆满了纸。门的左右两侧靠墙以及正面靠窗的地方，各摆着一张课桌，跟教室里的那种一样。左右靠墙的课桌旁都有椅子，但只有靠窗那张没有。每张课桌上都放着纸和照片。

右侧靠墙处放着一块白板，上面写着一串文字，像是十二月号的目录。与“外国人过新年”这个大标题排在一起的“德国柏林面包”，就是这次出问题的炸面包游戏吧。而左侧靠墙处有个冰箱，从刚才开始我就觉得很奇怪。健吾大概是注意到我的视线吧，问道：

“怎么，对冰箱很好奇？”

“这个嘛，是有点。”

“没人知道怎么会有个冰箱，也没通电呢。”

学校才不会给只有新闻社能用的冰箱交电费，所以我一点儿也不觉得没通电有什么不可思议的。真正不可思议的是，既然不通电，干吗要摆在这里呢……但话说回来，我也不觉得它跟炸面包之谜有什么关系。

我把活动室大致观察了一圈，然后再次问健吾：

“能不能告诉我炸面包的形状和大小啊？”

健吾用大拇指和食指比划出一个圆，直径感觉比五百日元的硬币大一圈吧。

“这么大，球形。茶色，外面裹着白色的粉。”

真木岛同学冷冰冰地说：

“不是白色的粉，那叫糖粉吧？”

“我也觉得是糖粉，可是常悟朗只让我回答可以保证准确无误的事实啊。”

健吾的实诚从来都让我钦佩不已，不过现在暂且把钦佩放在一边——

“刚才你不是说有拳头那么大？这个小了很多啊。”

健吾用手指比划出来的圆，就跟庙会小摊上卖的迷你蛋糕球差不多大。

“没错。一般好像是会更大一点儿。我们去采访的店铺说，他们试做了一种专门给儿童吃的小面包，所以就请他们把那种分了点给我们。普通大小的话，吃到一半就能看见黄芥末酱了嘛，这种一口一个的倒是更方便……还能省点经费。”

“那就是说……用来玩游戏的炸面包是非卖品？”

“可以这么说。”

那么，“犯人”就很难装成顾客去买跟它同样大小的炸面包了。

“是不是有很多种口味啊？巧克力味，橙子味什么的。”

“不知道。因为是试做品，可能还在调整，我没法断定。看上去长得都一样。”

“你还发现了别的什么吗？”

“炸面包的底部，也就是撒白粉这一边的另一头，开了一个小孔。我能说说我的推测吗？”

“请说。”

“那是挤果酱时留下的孔吧。我想，黄芥末酱大概也是从那里挤进去的。”

“有道理，看来是吧。”

门地同学嘟囔了一句“有必要这么严谨吗”。

是啊，一般来看是太绕了点，可对我来说，健吾能把事实和推测严加区分，实在是太靠谱了。

炸面包的情况大致就这些了吧。那么，下一个。

“你们就是在刚才试吃的，对吧？”

“是啊。下午四点半之后吧。”

“听你说，就是这四人参加了试吃，当时没有别人？”

“你指试吃的瞬间吗？那确实就这四个人。”

这说法有点言外之意。

“你的意思是，其他时间还有别人在？”

“嗯。因为来送炸面包的是高二的洗马学长。”

“他人呢？”

“很快就走了。不对，抱歉，我没看见。应该是很快就走了。听说他在搞什么乐队，今天有现场演出。他好像是主唱吧。”

“哇……”

我一直以为我们学校里没什么怪人，想不到居然有同时参加新闻社和玩乐队的奇人。虽说我挺想了解一下他们乐队的风格，但怎么想都跟炸面包之谜无关，于是我就此省略。

“除了那位洗马学长，这屋子就没第三者进来过了是吧？”

健吾的头点到一半，绷起脸说：

“至少我没看见。你们有谁看见吗？”

其他三人的答案也是一样的。

如此一来，我算是掌握了基本的状况。尽管已经想好接下来要问什么，但在嫌疑人们面前还是得有所顾忌。

“健吾，我有点事想问你。去走廊说吧。”

“明白了。”

感受着另外三人冰冷的视线，我来到走廊，健吾也跟了出来。秋天的夕阳渐渐西沉，窗外的天空红彤彤的。操场上传来棒球社社员用金属球杆击中球时发出的脆响。

“问什么？”

健吾的话语很短促，于是我也直截了当地说：

“谁有动机？”

无论有没有动机，都不可能由此断定这人就是“犯人”，但我不得不问，虽然有可能得不到什么有用的线索。健吾紧锁眉头。

“这很难说啊。”

“推测也行啦。”

“那当然了。我又不可能把别人心里的想法当事实说出来。”

健吾叉起手臂，低语道：

“说实话，我并不认为谁会有这种动机。所以大家才会觉得这事很诡异。”

“中奖的话，不是得去写报道吗？会不会是讨厌干这个？”

“就算没中奖，也不代表什么都不用写。只不过是这个人得负责写炸面包，其他人去写别的。”

“要是有人无论如何都不想写炸面包……”

对于我的瞎猜，健吾摇了摇头。

“这不是强制参加的。刚才提到的那个洗马学长说他一点儿辣的都不能吃，就拒绝了。社长要写主要报道，不参加。还有个高一的社员，可他也不参加。”

“高二的只有洗马学长和社长两个人？”

“是的。”

高一有五个，高二才两个吗？是该把新闻社当成一个年级构成不太平衡的社团呢，还是该当成一个入社容易但也容易退社的社团呢？

“高一的那个为什么不参加呢？”

“那个男生叫饭田，是一周都不保证能来一次的幽灵社员。要是那家伙碰巧来参加活动，看到只有我们在吃炸面包岂不是很尴尬吗？所以我就事先告诉他有这么个采访，问他要不要参加。”

“也就是说，哪怕他回答‘不为什么，反正不参加’，也不稀奇。”

“没错。这次他只说了句‘我就算啦’。”

“健吾，你是直接联系他的，对吧？”

“我们是一个班的嘛。今天放学后，我又在教室里问了他一遍，他还是说要上补习班，去不了社团。我们一起下楼到了换鞋处，我看着他走的呢。”

既然采访是自愿参加的，那么中了奖却不主动承认确实很莫名其妙。“犯人”会不会一开始就毫无根据地臆想着自己绝不可能中奖，结果中了之后才慌忙决定装傻呢？不会吧。

我还有个问题想单独问问健吾：

“那么，你为什么要找我商量这事呢？”

健吾一脸的不解。

“什么为什么？我只是想设法搞清楚中奖的是谁罢了。”

然后他补了一句，我觉得这句话不说也罢——

“算是抱着一种抓住救命稻草的心情吧。”

我是没想打包票让你放一百个心，可你倒还真敢讲啊？

“你看，哪怕抱着抓救命稻草的心情，你也要弄清谁是‘犯人’，我就是想知道你这么做有没有什么特殊的理由。其实，不必强求找出‘犯人’，用猜拳什么的决定谁来写报道不也可以吗？虽然之前的工夫会因此白费了。”

真要靠猜拳的话，我会觉得有些不够意思，但这也算是一个解决方案。

健吾露出了十分痛苦的表情。

“专戳人痛处。”

他恨恨地吐出一句：

“我原本不想把那些也说出来的……”

“看来是有隐情啊。”

“不要告诉别人啊。”

那当然。

他轻轻叹了口气，交叉起手臂说：

“这个策划案是真木岛提出的。她说看到学校附近开了一家德式面包房，里面有卖柏林果酱包，在德国，人们会在过年的时候用这种面包玩游戏。然后她建议，要不要把这个写成报道。策划案是通过了，可事实上，现在真木岛和门地的关系有点僵。原因不清楚，反正他们在冷战。所以真木岛有可能会认为，是中了奖的门地为了毁掉这案子而故意保持沉默。反过来，门地如果觉察到自己被怀疑，肯定也不会高兴。而他们要是真起了冲突，杉大概会站在真木岛那边。如果就此放着不管，搞不好新闻社都要四分五裂了。这问题可比事件本身严重多了。”

我瞠目结舌。

“健吾……你考虑得还真……周全啊。”

“我在你眼里到底是个什么形象啊？”

虽说人不可貌相，但这粗犷的堂岛健吾居然如此细心，说实话，我真是无法想象。也许我得在这一点上好好反省一下。

最后一个问题：

“容我确认一下。健吾，你吃的那个炸面包没‘奖’吧？”

健吾一瞬间睁大了眼睛，但他很快平静下来，答道：

“是啊，我吃到的没有‘奖’。”

相信健吾断定的内容就是事实——这是今天我设下的前提。遵照这项前提，那么无论接下来的状况如何错综复杂，我都会认定：只有健吾没吃到“奖”。

还剩三人。

我回到活动室，那三人依旧围着大桌，坐在折叠椅上。椅子还剩一把，但不管是我坐还是健吾坐都很奇怪，所以我们就都站着了。我没有正面接受那些如针扎般的视线，故意装出一副开朗的样子说：

“我听健吾说啦。你们社团高二的只有两个人，高一的还有一个，对吧？”

其实我还听他说了好多，但这当然不能告诉其他人。我再次观察了一番发现，真木岛同学和门地同学确实一直都不会对视，而杉同学则一个劲儿地看着他们两人的脸色，提心吊胆的。

真木岛同学仿佛在嘲讽我那句话的愚蠢一般说道：

“就算知道了这些，不还是什么都不明白吗？我只想知道到底是谁中了奖。”

“关于那位‘犯人’，我们还什么都不好说。”

她用鼻子冲我“哼”了一下。我没觉得有什么不爽的，继续说道：

“不过，思路已经整理好了。目前，‘犯人’不出来说明的理由大致能分为三种。”

“三种？”

我竖起食指说道：

“第一，炸面包里原本就没有黄芥末酱，所以谁都没中奖。”

“这也太……”

我无视了真木岛同学试图发起的抗议，接着竖起了中指。

“第二，虽然有黄芥末酱，但吃到的人没发现。”

杉同学一脸迷惑。

“大家都仔细品尝过了呀……”

我环视了一下围在大桌旁的三人，最后竖起无名指。

“第三，在座的某位有着不可告人的动机，虽然中了奖，但不想说出来。”

“不可告人的动机？”

门地同学的反应很敏感。

“那你能不能告诉我们，你是预想到了什么才会这么说的？”

“这我不清楚，但比如说……‘犯人’极其迷信，无法接受自己吃到了黄芥末酱炸面包这个事实，之类的。”

“你是在胡说八道吗？”

“毕竟，我不可能把别人心里的想法当事实说出来嘛。”

我模仿健吾刚才的样子现学现卖，于是门地同学虽然嘴里唠唠叨叨，却没再纠缠，而健吾则黑着一张脸。

我看了看自己那竖起三根手指的手，突然意识到还有一种理应付诸讨论的可能性，便竖起第四根手指说：

“而且，还可能是外部来的‘犯人’。”

健吾立刻回应道：

“这不应该吧？我们有四个人，炸面包也有四个。就算有外人来，也什么都干不了啊……你可别说是‘犯人’将加了黄芥末酱的炸面包和普通的做了交换。刚才我也讲了，这炸面包可是非卖品。”

门地同学也咂了一下舌说：

“先前我一直在这里写稿子，厕所都没去过。要是有人来，我应该能觉察到的。”

“你说的‘这里’，指的是这个座位？”

正对大桌坐着的门地同学十分不耐烦地一甩手，指着窗户方向。靠窗的地方确实有一张课桌，但没有椅子。

“是那个座位。坐那里不可能注意不到有人进出吧。”

“但是没看到椅子啊。”

杉同学小心翼翼地插进来说：

“我和真木岛同学现在正坐着。”

接着，健吾断定道：

“我来的时候，门地的确在写稿子。”

“门地同学是朝活动室中间坐着的？还是朝着窗户？”

“都不是吧。他是身体侧面朝着窗户坐的。我进来的时候，他立刻就往我这边看了。”

这回答丝毫没有犹豫。然后，真木岛同学吆喝道：

“就算有外人进来了，也不会一声不吭地随便拿桌上的东西吃吧？有点常识啊你们。”

如果从常识考虑，就不会发生这种搞不清谁吃到了黄芥末酱的问题了——虽然我想这么回敬一句，但是真木岛同学的话也有一定的道理。即便是那个小佐内同学，也不会未经许可就去动别人屋里摆着的点心吧？

“炸面包只有四个，人员进出都受到了监视，况且一般人不会随便拿别人活动室桌上的东西吃……我感觉已经分析得挺细了，如果还有其他能否定外部犯人这一说的依据，请大家提出来。”

健吾沉思良久，断定道：

“没了，就这三个。不够吗？”

“怎么会……那我们就摒弃外部犯人一说。”

我把手撑在大桌上。

“那么，中奖的人果然还是在各位当中。不可告人的动机稍后再说，总之我们先查一查有关黄芥末酱的来龙去脉吧。”

“是本来就没有黄芥末酱，还是没注意到有黄芥末酱呢？”

健吾摸不着头脑似的低声说：

“前者，很难说百分百不可能吧。但后者也情有可原啊。”

“因为黄芥末酱的味道其实并没有想象的那么强烈嘛。搞不好，‘犯人’误以为炸面包就是这个味道。黄芥末酱是请店里的人帮你们挤进去的吗？”

这个问题由杉同学告诉了我答案：

“啊，不是，应该是编主学长请家政社的人帮我们挤进去的。”

“编主？这是姓氏？”

“那个……和名字无关。是主编的意思，就是洗马学长。”

洗马主编、乐队主唱学长吗？主编和社长不是同一个人，这还挺有意思的。我想象着新闻社的人事编制，接着问：

“那就是说，不是用黄芥末酱代替果酱挤进去的，而是往本来就有果酱的面包里挤黄芥末酱？”

杉同学点了点头。

感觉会变成奇怪的味道吧……

“看来有必要去家政社打听一下呢。还有，这个盘子是新闻社的备用品吗？”

健吾疑惑地说：

“不是。我猜，大概是问家政社借来的吧？”

“这点回头也问问吧。总之，现在能不能请大家在纸上写下吃后感呀？分别写自己吃的炸面包是什么味道，不要给别人看，也不要看别人的。写完后大家相互对照，如果只有一个人写得明显像黄芥末酱味，那么就能认定此人便是中了奖而不自知的那位。”

真木岛同学扭头冲着别处，抚着自己的头发说：

“那就这么办吧。”

这么爽快就接受了我的建议，看来她稍微认可我了吧。

“健吾，家政社的活动室就是家政教室吗？”

“是啊，你要去吗？”

“大家写吃后感的时候我也没事干嘛。跑一趟吧。”

“不好意思啊，有劳了。”

说着，健吾微微低头行了个礼。

3

家政教室和新闻社活动室都在一楼，我两三分钟就走到了。

有着一排排水槽和调理台的家政教室里有种说不上好闻还是难闻的独特气味。宽敞空间的角落里，一名身穿运动服的男生正站着磨菜刀。我开门时发出了响声，想必他应该知道有人进来，但他头也不抬，只顾“沙沙”地在磨刀石上推拉。我不知道他是几年级的，于是客气地打了声招呼：

“不好意思，能打扰一下吗？”

男生停下手，漫不经心地抬起头。他顶着那张粗犷的面孔，颇不愉快地瞪着我这不速之客。

“什么事？”

嗯……该怎么自我介绍呢？

“我是新闻社来的。”

我没说谎。

那男生突然就笑了。从那有点恶作剧的笑容来看，先前他貌似情绪不佳，大概只是因为在专心磨刀罢了。他放下菜刀，用抹布仔细地擦了擦手，问：

“哦，怎么样？”

“‘怎么样’是指？”

“难道不是为了柏林面包来的吗？”

他似乎知道那回事，这样一来就好办了。我虽在踌躇是要详说还是略说，不过健吾一开始就讲了这没什么好隐瞒的，况且光让对方说而自己只字不提也欠缺公平，于是我决定先粗略地描述一下：

“的确是为了那事，但实际上新闻社的大伙儿吃过之后，没有一人说吃到了黄芥末酱。所以我就想过来问一问，是不是真的塞了酱。”

那男生笑嘻嘻地说：

“没塞黄芥末酱哦。”

哦？

“怎么回事？”

见我紧追不放，对方露出了些许惊讶的表情。

“他们好像没把情况全告诉你嘛。”

“确实。我听说，洗马学长应该是托了家政社的人把黄芥末酱塞进了面包。难道不是这样吗？”

“啊，不是的。我想想……这样吧，我从头跟你说好了。”

于是，那男生从手边拖了一把椅子，招呼我也坐下。我听话地坐下后，他先以一句“这事也没那么复杂”打开了话匣子：

“昨天洗马来找我商量，让我帮忙把黄芥末酱塞进柏林面包。今天我等他实际拿了面包过来后，问他是要颗粒芥末酱还是黄芥末酱时，他说哪种都可以，辣的就行。这我可伤脑筋了，因为都不怎么辣嘛。”

其实，我原本就对这个环节有点疑惑。洗马学长曾说他“一点儿辣的都不能吃”，所以就不参加炸面包的试吃了，可在我的印象中，黄芥末酱有着独特的风味和少许酸味，却并不辣。

“于是我说，你决定一下，到底要黄芥末酱还是辣的东西。那家伙想了想，说要辣的。所以我就照做了。”

“你所谓的‘辣的东西’是什么？”

“塔巴斯科啊，而且是超辣的那种。”

那男生站起身，去家政教室后方的柜子上拿来了一个黑色的瓶子。

“确切地说，塔巴斯科是商品名，实质上是辣椒酱。虽然这不是市面上的辣椒酱里最辣的，但我认为在能让人觉得好吃的品种里，它应该是最辣的吧。”

瓶身贴着大红色的标签，上面印着罗马字母，不是英语单词。虽然不明白是什么意思，但看见上面的骷髅标记，我意识到这是在彰显辣度已经接近危险的程度吧。

“你把这辣椒酱涂在炸面包上了吗？”

“这么干不是一眼就看穿了吗？我是把柏林面包先放在小碟子里，然后用滴管从挤果酱的小孔里滴进去的啦。虽然才两三滴，但应该相当辣了。”

塞进炸面包的不是黄芥末酱而是塔巴斯科……这会对“犯人”造成怎样的影响呢？或是说，不会有什么不同？看来，这事件还真是复杂得出乎意料。

“我能再问一个问题吗？”

那男生张开了双臂，意思是“只管问”吧。

“最开始，洗马学长只是请你塞黄芥末酱对吧？昨天，他是直接到这里来跟你说的吗？”

“是的。他只是一股脑儿地讲完他的要求就跑了，所以我也没能问清楚他想要哪种芥末酱。”

“然后今天，他拿着炸面包又来了……嗯……准确地说，是装在塑料袋里。手提的塑料袋里放着纸袋，纸袋里是柏林面包。”

我看了一眼墙上的钟，现在是下午五点多。

“那是什么时候呢？”

我以为这么问会让对方为难，没想到那男生爽快地回答道：

“下午四点吧。”

“记得很清楚啊。”

“因为他说四点左右会来，并且来得很准时啊。我当然就记得了。”

下课后到班会结束大概是三点半，据说德式面包房在学校附近，来去花个三十分钟也算正常。

“往里加塔巴斯科的是哪位呢？”

“是我。我准备塔巴斯科的时候，洗马去翻了一下餐柜。我打开纸袋，用筷子把柏林面包夹到一个小碟子里，用滴管从挤果酱的小孔里滴进塔巴斯科，然后把面包放回纸袋。在我洗小碟子的时候，洗马拿出了盘子，把纸袋里的东西转移了上去。”

我想象着那个情景，问：

“那个盘子是学校的备用品吧？能随便用吗？”

“当然不能了。”

“他还真乱来啊。”

“可不……”

看来这人被添了不少麻烦。盘子暂且放一边——

“所以说，搞不好洗马学长也弄不清哪个里面有辣椒酱？”

那男生笑道：

“应该是吧。他自己都说，不知哪个里头有‘奖’。”

我曾暗自想过，洗马学长应该能轻易地制造出谁都不会中奖的局面。问店铺多要一个炸面包，等家政社的人滴入塔巴斯科后，再偷偷把它扔掉就行。虽然动机完全揣测不出来，但行为本身是能实现的。

然而从刚才那番话来看，学长也不知道哪个是有“奖”的。这种状况下，扔掉一个，再放进一个事先准备好的，实在是毫无意义。看来，还是把洗马学长搞小动作这个可能性从脑中剔除比较好。

“你看到盛在盘子里的炸面包了吗？”

我随口问道。那男生的表情有点迷惑。

“只是瞥了一眼吧，没细看。”

“那，炸面包是怎么摆的，有几个，就也……”

“不好意思啊，我不清楚。有什么问题吗？”

我想了想。虽说能问的都想问一遍，但既然他没看见，那也没什么好问的了吧。

“不，没什么。纸袋和塑料袋是怎么处理的呢？”

“洗马没带走，所以我就扔了嘛。要看吗？”

我点点头，那男生便从垃圾箱里找出两个袋子拿了过来。塑料袋是半透明的，上面没印店名。纸袋上印着“德式面包房 Danke Danke”，沁着几块油渍。此外没什么特别之处。

“还有一个问题。洗马学长知道里面不是黄芥末酱而是塔巴斯科，对吧？”

可是，这次的回答却在我的意料之外。

“不知道啊。我故意没说。”

“咦？为什么？”

“我想吓他一跳嘛。洗马应该以为，我放的是市面上那种稍微有点辣的黄芥末酱吧。”

难怪他听说我是新闻社来的之后立刻就笑了呢。看来是想知道恶作剧的结果吧？那么，保险起见我再问一下：

“你能不能想得到，没人中奖会是什么原因呢？”

“这我想不出来啊。塔巴斯科是我放进去的，况且我想象不出来有人吃了这个居然还能没反应。”

看来是相当辣了。

我轻轻拿起手中那个黑色的瓶子。

“能不能把这个借我一会儿？我想给新闻社的大伙儿看看。”

那男生扬了扬手。

“去吧去吧，尝尝也行。我还要在这里待一个小时左右，在那之前连盘子一起还回来吧。”

然后，他稍显严肃地说：

“话说在前头，小心别弄到眼睛里。那可得进医院的。”

尽管我很难想象塔巴斯科弄进眼睛里是一个什么状况，但让我更摸不着头脑的是，家政社平时会怎么使用这种危险品。

回到新闻社活动室，大门仍旧是敞开的。我在的时候一直站着的健吾到底还是坐了下来。朝着大桌的四人面前分别摆着一张小纸片。

“辛苦了，常悟朗。怎么样？”

我用目光搜了一圈，没找到自己的座位。算了，虽说是受健吾之托，但我毕竟是干涉了人家内务事的外人，区区椅子，没有就没有吧。而且……怎么说呢，我觉得站着说话似乎更酷一点。我不露痕迹地把手里的黑瓶子藏到了身后。

“洗马学长的确去了家政社。当时是下午四点，我还见到了帮忙准备炸面包的社员呢。”

我暂且隐瞒了“放进炸面包的是塔巴斯科”这回事。那四张纸上应该已经写好了各自的吃后感，先看了再说比较好。

“大家已经相互比照过吃后感了，是吧？”

健吾听罢有些粗鲁地答道：

“因为是你提议的嘛，我们就想等你回来以后再看。”

我不禁为自己的粗心大意产生了些许惊喜之感。

“这真是……谢谢大家的贴心。抱歉让你们久等了啊。”

“这可不是我说的，是杉啦。”

我往杉同学那边一看，只见她缩起了肩膀。

既然都在等我，那可不能让他们继续等了。

“那就快来看看吧。”

说着，新闻社那四人分别把面前的纸片翻了过来。

健吾：比预想的还要甜。是蓝莓酱吗？

真木岛同学：轻盈的口感中是果酱那浓郁的甜味。或许是两种莓类混合起来的。

门地同学：甜死了。手上沾了油。

杉同学：甜甜的非常好吃。果酱特别多。

“这……没有呢。”

“没有啊。也就是说……”

健吾似乎领会了我的言外之意，沉默了。

“也就是说”后面接着的是：基本排除了“‘犯人’没意识到自己中

奖”这个可能性。如果某位社员中了奖，那么此人正是在明确知晓自己中奖的情况下，为了隐瞒事实而写了假话。

社员们隔着大桌，视线相互交错。先前，尽管大家有点疑心，但更多的是困惑，可现在这种气氛消失了，大家的眼神中充满了赤裸裸的怀疑，都直勾勾地扫视着其他人。

真木岛同学挑起了话头：

“大家一开始就知道果酱包很甜，不是吗？”

她的意思是：没有具体描写味道的门地同学在撒谎。但这指责并非只适用于门地同学。杉同学猛地抬起头，尖锐地说：

“我只是因为觉得好吃，所以写了好吃！”

真木岛同学遭到了意料之外的反驳，显得有点无所适从，退了一步说：

“我没指你啦。”

对此，门地同学显然不会吃哑巴亏。

“没指杉，那你在指谁？我吗？”

他冷笑了一下，说道：

“要我说，光吃那么小一个炸面包就知道是莓类果酱的人才可疑得很呢。我甚至会想，这人搞不好已经吃过了吧？”

提议写炸面包的是真木岛同学，那么，她肯定在采访前就已经知道学校附近的面包房在出售德式炸面包。这么一来，哪怕她知道本来是什么味道也不足为奇，伪装起来也很容易——这是门地同学的逻辑。道理倒是讲得通，但符合这套逻辑的也不止真木岛同学一人。

“至于要这样怀疑人吗？这很明显是莓类啊。”

健吾叉起手臂，从旁插嘴道。杉同学也鼓起勇气连珠炮似的说：

“我也觉得是莓类的呢。只是没写而已啊。”

但这只是一个拙劣的借口。果然，真木岛同学反问道：

“既然你这么觉得，那干吗不写呢？”

“因为……我不觉得这是‘准确无误’的。”

“你写‘大概是莓类’不也行吗？”

“你是说我写了假话吗？我干吗非要写假话啊？”

是的，杉同学没有动机。可要这么说的话，能推测出有动机的只有门地同学一人。如果由此继续过度解读，既可以勉强说，是杉同学为了煽动门地同学与真木岛同学的对立而撒了谎，也可以认为，是实际对新闻社怀恨在心的真木岛同学为了废社而演了一出戏来挑拨离间。

反正，只考虑动机果然是浪费时间，还是按可能性从小到大一步一个脚印逐个击破比较好。

“话说，其实放进炸面包的并不是黄芥末酱。”

我的话音刚落，四人的视线夹杂着惊讶一起向我射来。这种瞬间的快感曾经摧毁过我。现在的我则冷静地将藏在身后的黑瓶子放在了大桌上。

“而是塔巴斯科。洗马学长请家政社的人塞辣一点的黄芥末酱进去，但对方表示黄芥末酱本身并不辣，让他决定到底是要黄芥末酱还是辣的东西。洗马学长说要辣的，于是对方就选了这瓶塔巴斯科……据说超辣的。”

新闻社的四人脸上浮现起四种困惑的表情。很快，健吾问道：

“吃惊是吃惊……但状况会有什么变化吗？”

“倒是没什么变化。不过我借来了对方用的塔巴斯科，这样就能做个小实验。健吾，我仍然觉得，‘中奖的人没意识到自己中奖’这个可能性并不为零。”

健吾一挑眉，视线在大桌表面那四张纸上扫来扫去。

“什么意思？”

“有种症状叫味觉障碍，有可能‘犯人’尝不出塔巴斯科的味道。如果是这样，说不定倒能得出一个‘早发现早好’的结论。”

真木岛同学低语道：

“说实话，我从来没往那方面想过。”

另一边，门地同学则持怀疑态度。

“所有人都尝出了甜味……难道还有只是尝不出塔巴斯科的味觉障碍吗？”

我老老实实地回答：

“不知道。”

“那你……”

“所以，我们要不要做个实验呢？舔一丁点儿塔巴斯科试试。”

杉同学立马露出了不情愿的表情，但她大概觉得这总比跟另外三人大眼瞪小眼要好些，就嘀咕了一句：

“只能这样了呢。”

“嗯，是啊。”

“好歹比僵着强吧。”

总之，大家决定试试看。

健吾站起身，像是要找什么东西似的在堆满纸的活动室里转来转去，但是好像又找不到，一直抓耳挠腮。其他三人没一个有去帮忙的意思，看来他们也不知道健吾想找什么。

“你干吗呢？”

我问。健吾一边把纸山往左右两边扒开，一边答道：

“总不能对着瓶子舔吧。我记得这里应该有纸盘子的。”

真木岛同学微微起身，说：

“啊，是有纸盘子呢。放哪儿了？”

杉同学听罢，立刻回答说：

“在冰箱上。”

我离冰箱最近，于是看了一眼，上面的确有一沓装在袋子里的纸盘子。我走过去拿的时候，发现冰箱上放着一个木盆，里面装着单独包装的麦芽糖、牛奶糖和巧克力，还用透明胶贴着一张便条，上面潦草地写着：“请将调查问卷放进这个箱子。甜点是给大家的回礼，请自由取食。”

“好像有糖呢。”

健吾带着笑意答道：

“是啊。就像那上头写的，这是对送问卷来的同学的一点小心意。”

“那我也送问卷来了啊，但是没给我糖。”

“也是呢。你随便拿吧。”

我也并不想要，不过这社团还真松散啊。我调整了一下情绪，拿出四个纸盘子，在每人面前放了一个。健吾也坐回椅子上，伸手拿起塔巴斯科的黑瓶子，饶有兴味地盯着它看起来。

“原来是这个，看来很辣呢。”

“标签上写的不是英语吧？我看不懂呢。”

“十二岁以下的儿童请勿食用。”

我吓了一跳，说道：

“你能看懂？这什么语？”

健吾严肃地把瓶子放回大桌，说道：

“开玩笑的。”

我居然被堂岛健吾耍了？

最先是健吾往自己面前的盘子里倒了一滴塔巴斯科。然后，大家顺次接力，很快做好了准备。杉同学伏到纸盘子上方，闻了一闻说：

“这味道，相当刺激。”

其他三人也学着她的样子，把脸凑近那红色的液体。真木岛同学立刻呛了一口，猛地背过脸去。咳了一会儿，她哽咽着说：

“真的，好烈。”

“气味这么浓烈？”

我会这么问并不是出于好奇心。健吾领会了我这问题的意思，说道：

“脸凑这么近，再吸一口，那当然厉害了。但我不太能断定，把它放进果酱包以后还能凭气味判断出来。试吃的时候也没人拼命地去闻过……这么做，怕是会把糖粉吸进鼻子里吧。”

我本以为这或许会是一个线索，但看来也没戏了。

杉同学简直要哭出来了。

“要舔吗……”

门地同学的脸似乎在抽搐，但还是逞强说：

“不这么干，就永远都不清不楚。我先开始了。”

可话说回来，伸出舌头舔盘子的吃相实在太难看了，于是大家决定学厨师那样，用手指蘸着舔，随后新闻社的四人便出去洗手了。

我是不是就不用舔了呀？尽管心头不安，但谁也没说要我有难同当。我就这么继续装傻吧。

四人洗完手后，回到原先的椅子上坐下。既然是实验，就该事先告知注意事项吧。

“家政社那个男生说了，千万不要弄到眼睛里。看来，用沾了塔巴斯科的手碰眼睛会很危险。”

杉同学又嘟囔起来：

“真的，要舔吗……”

本想着用德式炸面包玩个小游戏，却不知怎么的要去舔超辣的塔巴斯科。一想到杉同学的心境，我便无比同情。

健吾深吸一口气，说：

“好。那就一鼓作气吧。常悟朗，你来发令。”

干吗要我来啊？可转念一想，与其健吾一人太突出，让我这外人来发令或许更好。虽然可能会被杉同学记恨就是了。于是我下意识地举起手说：

“嗯……那么，预备！”

四人先后把手指伸向纸盘子。

“请舔！”

我一时想不到合适的词语，结果发出了一声奇怪的号令。四人用手指蘸了点塔巴斯科，放进了嘴里。

沉默持续了一两秒。

听到随即响起的悲鸣、呜咽与抗议之声，目睹了因无妄之灾而造成的悲痛与愤怒后，我对自己能逃脱险境一事产生了由衷的感恩之心。健吾疯狂地咳嗽，真木岛同学的脸涨得通红，杉同学那带着哭腔的“早说了不想试的”，门地同学呼喊着“水！水！”夺门而出。一想到冲我怒目而视的真木岛同学和满怀恨意向我翻白眼的杉同学会不会来一句“轮到你了”，我就忍不住想跟在门地同学后边逃出去。

“哎呀，还真辣啊！”

不知是不是辣坏了脑子，健吾笑了起来，声音也有点异常。

“是那种忍不了的辣？”

“忍？你说忍着这种辣？哈哈哈，常悟朗，做梦！”

他终于放声大笑起来。你慢慢来吧，我想。另一边，真木岛同学愁眉苦脸，难掩内心激愤似的说：

“开什么玩笑啊，家政社的居然放了这种东西进去！”

泪眼婆娑的杉同学从座位上站起来说道：

“我，我也要水……”

说着，她趔趔趄趄地走出了活动室。

实验结果让我们明白了三件事。首先，家政社提供的塔巴斯科非常辣。其次，新闻社里没有人尝不出这种辣味。而第三，我们切实地得出了一个“明显的结论”。然而，这“明显的结论”与现状产生了巨大的矛盾。无论怎么想，都不该出现这种情况……这炸面包事件或许真的比看起来要复杂得多。我交叉起手臂，用拇指抵着下巴说：

“健吾，看来把情况从头整理一遍比较好。我有几个问题想问你，行吗？”

不过健吾只顾着伸手给自己的舌头扇风。他用那依旧含笑的眼睛仰视着我，却没有答复我的意思。通过这实验我还明白了一点：看来，这塔巴斯科的打击可得持续好一阵了。

4

出去喝水的两个人回来了。我正想继续开始讨论时，门地同学有气无力地说：

“行了吧？谁是‘犯人’有那么重要吗？别再为一两个面包大惊小怪的了，总之发生了一桩怪事就对啦。只当是见了鬼，赶快回家吧。”

这提议虽有那么点道理，但策划这篇报道的真木岛同学不会答应吧？果然，真木岛同学一吊眉毛，正要张嘴反驳，可杉同学却抢先一步尖叫道：

“事到如今还说这干吗？要说就在舔塔巴斯科之前说啊！现在放弃

的话，那我们到底是为什么要……不跟傻子似的吗？”

她两眼通红，声音也在颤抖。的确，现在选择撤退已经太晚了。一不做二不休，塔巴斯科都已经舔了，真相还会远吗？我再次向健吾问道：

“是谁说，要把这炸面包写成报道的？”

虽然我已经知道答案了，但如果让其他社员发现这是健吾单独告诉我的，怕是要不高兴，于是我故意问了一遍。健吾或许也意识到了这一点，并没有反问“刚才不都告诉你了吗”，而是说：

“是真木岛。她发现学校附近开了一家德式面包房，正在出售果酱包，就在编辑会议上提出来了。”

而我真正想问的是接下来的内容：

“那么，为什么会让洗马学长去拿面包呢？”

说这话时，我才发现高二的洗马学长居然为了高一学生的策划案去跑腿，有点不寻常。

“你也知道，学长说不能吃辣的，所以没参加这个案子。而且临近乐队演出，他也越发没时间来新闻社，大概觉得不太好意思。他便主动提出，由他去拿果酱包，好歹弥补一下。”

真木岛同学从旁补充道：

“学长看上去粗枝大叶，其实挺会照顾人的，总在帮衬我们。”

健吾点点头。

“是啊。要是写稿子卡壳了，学长肯定会来帮忙给建议，哪怕放下他自己手头的事情。我从他那里得到了很多锻炼呢。”

我迅速扫了一眼其他人，门地同学和杉同学的表情都没什么变化。看来他们对洗马学长并不反感，当然，这只是我的猜测。

既然如此，只能抽丝剥茧逐一排查了。首先明确一下炸面包是怎么来的吧。

"学长是今天放学后去面包房把炸面包拿回来的对吧？"

"对。"

"有什么佐证吗？"

门地同学在一旁恶狠狠地说：

"佐证？要不是学长拿来的，这里怎么会有面包呢？"

"是啦，以防万一问一下嘛。也有可能昨天就拿来了。我是想把能说明白的事情都说明白。"

健吾摇摇头说：

"洗马学长是约好了今天去拿的。那个炸面包是试做品。面包房也不是每天都会做的吧？"

"面包房的人认识洗马学长吗？"

"认识。因为我、洗马学长和真木岛三人先去采访的时候，学长跟他们说了自己会过去拿。"

这就是说，洗马学长去德式面包房拿炸面包这回事应该是准确无误的。然后炸面包被装进纸袋，估计是为了方便他拿，纸袋外又套了个塑料袋。学长下午四点去了家政社的活动室，请对方像他要求的那样塞黄芥末酱，然而实际上放的却是超辣的塔巴斯科。

洗马学长在家政社把炸面包转移到盘子里。带来的塑料袋和纸袋被扔进了家政社的垃圾箱。学长端着盛有炸面包的盘子来到了新闻社活动室。这盘子目前还在大桌上。

有一点我没想明白——

“洗马学长为什么要把炸面包转移到盘子里呢？就算放在纸袋里，吃起来也不会很麻烦啊。”

见我迷惑不解的样子，健吾满不在乎地答道：

“本来是放在纸袋里的吗？那就是为了摄影吧。”

他居然说“摄影”。

“还拍照了吗？”

“是啊，要写报道当然要拍照了。学长是考虑到方便我们吧，毕竟装在纸袋里很难拍嘛。”

“你说拍了，是用照相机？”

听我一问，健吾有些不知所措。

“其实是用相机比较好，但报上的栏位又小，还是黑白的，就用手机拍了。”

“你干吗不早说啊？”

没想到我终于逮着机会喊出了这句生平总想喊一回的台词——“你干吗不早说啊”！

“唉，抱歉。我大意了。要看吗？”

“当然。”

健吾从口袋里掏出手机，找到了照片。

第一张照片是大桌，上面放着盛了炸面包的盘子。第二张是盛了四个炸面包的盘子。第三张是再凑近一点拍的炸面包。

也就是说，只拍了炸面包。

“就没有……能当线索的……比如试吃的瞬间之类的照片吗？”

“我可是跟大家同时吃的啊。你要我怎么拍啊？”

“这倒也是……”

或许能称得上收获的是：盘子里的炸面包的确有四个，以及单看外表很难分辨出哪个里头有塔巴斯科。但这两点都是早已明了的事实。

“这是什么时候拍的？”

“试吃的前一刻。”

此时，洗马学长已经不在活动室里了。

比健吾所说的“试吃前一刻”更早的那段时间里发生了些什么呢？接着得调查一下四位新闻社社员的动向了。

“最先来到这活动室的是谁呢？”

我问罢，门地同学用一副讥讽的口吻说：

“你不是知道的吗？我啊。我最早来，开了活动室的门锁，一直在写稿子。”

“对哦。你是几点来的？”

“应该是下午三点半左右。”

班会差不多就是那会儿结束的，也就是说门地同学一放学就来这里了。

“你碰到洗马学长了吧？”

“是的。”

门地同学靠在折叠椅的靠背上，嘴角浮起一丝笑容。

“突然被人拍了肩膀，吓了我一跳呢。”

“时间是？”

“这就不记得了。因为我在埋头写稿没看时间。”

“那时洗马学长拿着盛了炸面包的盘子是吗？”

“没有。盘子已经放到这桌上了。学长用手指着盘子说‘给你们拿来了’。”

健吾问道：

“你说的稿子是上周就开始写的那篇三段式报道吧？很棘手吗？”

“是啊，文章不太好写。不过，现在已经写完了。”

尽管我很想问，有没有人能证明你一直都在这房间里，但问题在于，现在并不需要证明门地同学是否在场，况且，用脚指头都想得到，问了以后他又得闹腾一番。这里就略过算了。

“接着来活动室的是？”

杉同学微微举起手。

“是我。”

“还记得是几点来的吗？”

“正好是四点十五分。”

虽说这问题是我提出的，可我很惊讶为什么她会记得……

“记得很清楚啊。”

“因为我比较擅长记这种事。”

杉同学第一次莞尔一笑。

“我也碰到洗马学长了。在活动室门前跟他擦肩而过时，我说‘学长你来啦’，他说‘刚来’。”

“还说了什么别的没？”

“他后来只说了句‘我要去演出了，抱歉没法陪你们’。”

健吾插嘴道：

“时间上正好是跟门地说完话之后吗？”

“大概吧。然后，我见桌上放着问卷的回收箱，就从最上头拿了几张，坐在椅子上看起来了。”

我姑且再问了一句：

“当时你坐着的是现在健吾坐的椅子是吧？”

那是离门最近的椅子。

“嗯，就是那儿。”

“谢谢。然后呢？”

杉同学一点头，说道：

“问卷看了两三分钟之后，我注意到了果酱包，为了方便摄影，我把桌上收拾了一下。”

“那个时候没有拍照吗？”

“嗯。我想等大家都到齐了再拍比较好。”

活动室里最先来了门地同学，接着来了洗马学长。然后杉同学来了，洗马学长走了。再接下来呢？

“下一个来活动室的是……”

“我。”

真木岛同学的口吻中带着些许不满。

“还记得你是几点来的吗？”

“不知道，不记得。”

口气虽然很敷衍，但记不得时间其实再正常不过。硬要说的话，倒是杉同学记得这么清楚更让我感到不可思议。

“活动室里有门地和杉，但我没碰上学长。”

这和此前的证词是一致的。

“你到活动室之后，发生过什么事吗？”

“我想想。”

她沉默了一会儿，思索起来。

“有个矮矮的高一女生过来送问卷，我收下了。就这些吧。”

是小佐内同学吗？

“我跟她道了谢，说我们还送甜点，结果她说她不要。”

“那就不是了呢。”

“嗯？什么？”

“抱歉，我在自言自语。收下的问卷是怎么处理的呢？”

“杉说她把回收箱放到别处了，我就让她把这些也放过去。”

我看看杉同学，只见她轻轻点了点头。放着问卷的箱子就在这座纸城寨的某处吧。刚才，健吾把我们班的问卷就那么随手一放，真的不要紧吗？

“那个箱子目前在哪里呢？”

我问杉同学。

“在堂岛同学身后。”

她回答道。健吾赶忙转过身，从随便堆在墙边的那座文件山顶上把箱子拿了下来。

“原来放在这里了啊。”

我想象中的回收箱是一个有盖子的东西，可实际上，大概就是拿装点心还是什么东西的纸板箱废物利用了。大倒是挺大，但不深，问卷已经快放满了。

“还有别的事吗？”

真木岛同学听罢摇了摇头。

“最后一个到的是健吾对吧？”

我这么一提醒，健吾收起了东张西望的视线，点点头说：

“对。”

“时间是？”

“我只记得，离四点半还有一会儿吧。确切的就不知道了。我来到活动室的时候，另外三个人都已经到齐了，桌上放着炸面包。我给炸面包拍了照片后，大家就吃了。”

接下来的事情就不用再问了。大家屏息凝神相互观望，看是谁中了奖，可谁也没说自己中奖了。那之后，我就来了。

如此这般，关于新闻社社员们的动向，我算是把能问的都问完了。问是问完了，可这到底是怎么回事呢……看我一直默不作声，健吾小声嘟哝道：

“好像没什么可疑之处啊。”

真的吗？

我想了想，自言自语道：

“不知能否联系到洗马学长呢……”

所有人的视线不知怎的都集中到了真木岛同学身上，她答道：

“现在应该不行。演出前，他会关掉手机电源的。”

“这样啊……”

“是有什么想问他的吗？”

“确实是有件事，能问到他就最好啦。不过话说回来，真木岛同学，你挺了解洗马学长的啊。”

听到这话，真木岛同学有些害羞地说：

“我们住得很近。联络学长这事一直是我在负责。”

“是发小那种感觉吗？那，你平时不会喊他‘学长’吧？”

“是的……这跟炸面包有关系吗？”

我摆摆手。

“没有啦。不好意思，我没打算探听私事。”

既然没法获得洗马学长的证词，那就只能通过目前收集到的素材来推理了。虽说是直觉，但我认为这事并非不可能。估计，关键线索掌握在高一的饭田同学手里。

“洗马学长知道饭田同学不参加对吧？”

饭田同学是新闻社里的高一学生，是一周来不来得了一次都不知道的幽灵社员。健吾说，他曾询问对方是否参加这次采访，但对方说不参加。真木岛同学那肯定的语气让我觉得有点奇怪。

“嗯，知道。因为我给他发了邮件。”

“保险起见，我多问一句——真木岛同学，你发给洗马学长的邮件内容是‘饭田同学不参加试吃，所以炸面包只要四个就够了’，对吗？”

“对啊。”

“有没有发送失败？”

“一般不会失败的吧？”

不不，这种事儿可不少见啊。然而，健吾在一旁补充道：

“当时我也在场，真木岛让我给她检查一下写得怎么样。具体措辞我忘了，但她的确给洗马学长发了邮件，说饭田不参加这次采访。我们活动室的信号也不错，手机从来没出现过发送失败的问题。邮件肯定发到学长那里了，这一点是准确无误的。”

对于今天的事件，我已想好把健吾断定的内容当作事实。见我沉默着点点头，真木岛同学继续说：

“学长也答复我了，虽然已经是那天晚上了。”

“怎么回复的呢？”

“他说:明白。”

“这么简短？前后没什么别的了吗？”

真木岛同学的眉头挤到了一块儿。

“不知道，忘了。今天我还忘了带手机，没法看了。措辞有这么重要吗？”

洗马学长回信的用词很重要吗？

不，重要的点在别处。

真木岛同学对一言不发的我显露出不耐烦，她脸色发红嘴巴半开，然后忽然移开视线说道：

“话说，虽然都已经这会儿了，但我有句话不知好不好讲？”

这话不是冲我，而是冲着新闻社的社员们说的。门地同学有点困惑地回了句“什么话”，真木岛同学喃喃自语似的说：

“其实，我吃面包的时候在想心事，有点发呆。之前一直觉得这话很难说出口，我就没说。但是，搞不好，中奖的人是我……或者说，因为你们都没中奖，所以我想是我中奖了。”

真是突如其来的坦白。杉同学和门地同学发出了惊叫声，但健吾还是很冷静。

“真木岛，不可能吧？刚才我们都写了吃后感，你不是写得最具体的吗？你说你在发呆，那可讲不通啊。”

“这……”

真木岛同学含糊起来，门地同学用极其敏锐的目光盯着她说：

“你以前就吃过了对吧？我就想会不会是这么回事！”

真木岛同学低下头，什么也没说。但杉同学插嘴道：

“话可不能乱讲啊。小真，好好给大家解释一下嘛！”

“没用的，我就觉得这里头有猫腻。”

“你说什么啊？有猫腻的不是你自己吗？你不就是想毁了小真的点子吗？”

“我干吗要搞这种事啊？你傻啊你？”

健吾担心的局面出现了。大家不过是想用炸面包愉快地玩个德国传统游戏，结果新闻社中暗藏的对立浮出了水面。现在还来得及吗？要是能指出中奖者，是否就能不辜负健吾的希望，防止新闻社的四分五裂呢？

不过，说实话，新闻社会变成什么样，我可是压根就不关心啊！

我所期待的素材已经全部集齐了。是谁吃到放了塔巴斯科的炸面包呢？

堂岛健吾吗？

门地让治吗？

真木岛绿吗？

杉幸子吗？

饭田吗？

洗马学长吗？

家政社的男生吗？

小鸠常悟朗吗？不，话说在前头，我可没吃。

或者，是天外飞仙吃的吗？

我已经找到了揭示事件真相的办法。

只要和我持有相同的素材，任何人应该都能做到。

5

“试吃的时候，到底有没有人恶意隐瞒了自己吃到塔巴斯科炸面包的事实呢？”

我这颇为自得的一问交错在新闻社活动室的唇枪舌剑中，被撕成了碎片——换句话说，就是没有人在听。就连找我商量的堂岛健吾也被真木岛同学与门地同学的口角分散了注意力，甚至都没看我一眼。

我很不喜欢清嗓子这种做法。对于那种单纯只为将众人的目光聚焦到自己身上的行为，我实在是不擅长，但这回也是逼不得已了吧。我把浑身的力气集中到支气管上，大咳了一声。

健吾往我这边扭过头来。

“怎么了，常悟朗，没事吧？呛到塔巴斯科了？”

竟然害他担心了。我强压着涌上心头的抱歉之情，摆了摆手搪塞过去，然后将刚才那个问题换了种说法——

“没事，我想说……那个，试吃的时候，会不会谁都没吃到塔巴斯科炸面包呢？”

“你说什么？”

健吾惊呼，另外三人也看向我。

“怎么可能呢？去家政社证实了炸面包里被放进塔巴斯科的，不就是你吗？”

“嗯。”

“就算这样，你还说四人里没有一个吃到？”

“是啊。”

“这不是很奇怪吗？”

我对这期待之中的反应稍有些欣喜。真木岛同学、门地同学和杉同学分别向我投来充满怀疑的视线，大家都不作声，像是在说“看你接下来怎么扯”。我笑了笑，说道：

“确实，这很奇怪。但是，会认为试吃的时候肯定有人中了奖，就更奇怪了。根本不可能。”

“为什么？”

“你问我为什么？”

健吾的想象力或许算不上丰富，但应该也不算太迟钝。然而他竟然会问“为什么”，难道是因为太专注于新闻社的前途了吗？我抬高声音说：

“吃到了那么辣的塔巴斯科，怎么还有可能自始至终若无其事地说自己没中奖呢？”

大概是真的没往那方面想吧，健吾露出一副突然醒悟的表情。刚才明明是他自己说的，吃过那个之后，要忍住简直就是做梦。

意外的是，杉同学甩来了反驳：

“虽然那塔巴斯科是超级辣，但做好了‘死也要忍住’的心理准备，一口吞下去的话，说不定也能装得云淡风轻。”

我摇了摇头。

“这也不可能。在我去家政社打听之前，知道炸面包里放的是塔巴斯科的，就只有操作者本人，也就是那个家政社的男生。现在这四人就不说了，连拿炸面包来的洗马学长都以为里面塞的是黄芥末酱。如果只当是不怎么辣的黄芥末酱而做了所谓的心理准备，吃进去的却是那塔巴斯科的话……”

门地同学一脸深有感触的表情，点点头说：

“不可能忍得了啊。绝对办不到。”

而另一边，健吾则眉头紧锁。

“这就像，以为会被扇耳光而咬紧牙关，结果肚子上挨了一拳。被你这么一说，的确，脸上肯定会表现出来的吧……但，那到底是怎么回事？有‘奖’的那个炸面包去哪里了？是谁吃了？”

杉同学嘟囔道：

“是什么时候吃的呢？门地同学一直都在这里。”

门地同学也摸不着头脑。

“说到底，‘犯人’吃的是什么？面包只有四个啊。”

所有的疑问都问得很好。试吃的那个时间点，没人吃到有“奖”的面包——我们跟这个明显的结论之间隔着几道墙。但我并不认为这些墙高到无法翻越。

发生的状况之所以看起来不可思议，是因为证词有欠缺。沉默、谎言、疑虑令现况显得复杂不已。只要能一一填补欠缺的证词，事实应该就能自动水落石出。

讨论已经结束。接下来，就看怎么解释了。

“首先，我们来思考一下机会的问题。”

我盯着放在大桌上的盘子，开口道：

“有‘奖’的炸面包是真实存在的，可在试吃的时间点却消失了。那么，它就是在试吃之前被人从盘子里拿走了。然而，炸面包一直就摆在那里，门地同学也一直在活动室里。无论‘犯人’是谁，此人有可能钻门地同学的空子吗？”

活动室大门的正对面，靠近窗户的地方摆着课桌，门地同学就是在那里写稿子的。

“虽然健吾也说了，不过门地同学，能不能再演示一下你是怎么坐的呢？”

门地同学发出了不满的牢骚，但也没显得特别不情愿。他站起来，往我提出问题的课桌走去，就近拖了椅子坐下，身体侧面冲着活动室的大门。

新闻社的三人嘀咕起来。

“怎么说呢？门是一直敞开着的吧？”

“也就是说，能不能注意到有人从他的侧面进来对吧？”

“一般总该有声音……”

健吾抱起手臂，问门地同学：

“你的实际感受是什么样的？如果有人进来，有可能觉察到吗？”

“那不是当然的吗？”

门地同学虽然这么回答，声音里却没什么底气。这也正常，因为他知道实际上发生了什么嘛。

“谢谢。”

说着，我请门地同学回到原来的座位，然后单手撑在大桌上。

“可是刚才，提到洗马学长来活动室的情况时，门地同学，你还记得自己是怎么说的吗？”

他没有回答，但他那极不痛快的表情就是回答。

“门地同学是这么说的……‘突然被人拍了肩膀，吓我一跳’。”

这句话的意思很明显了。

“洗马学长是想吓唬门地同学一下，偷偷来到他身后的吧。他是会干这种事的人吗？”

除了门地同学，另外三人同时点头。

“明白了。然后，学长的企图大获成功，门地同学吓了一跳……也就是说，他没有注意到学长。有人来活动室的话，门地同学肯定能发现——这种说法是不妥当的。偷偷溜进来就有可能发现不了，而即便正常接近，某些情况下也不一定会知道。”

健吾立刻反驳道：

“但是，只有门地一人在活动室的时间段里，还没有炸面包。”

没错。洗马学长走出活动室时恰好杉同学进来，所以并不存在“活动室里只有门地同学和炸面包”这一状态。然而——

“既然门地同学没发现来访者，那么我完全有理由认为，学长也有可能没发现。”

“常悟朗，这就太绝对了吧？两个人的话，发现来访者的可能性应该是上升的，这么想才正常。”

杉同学也嚷嚷起来：

“况且，我在门口跟学长擦肩而过的时候，他说的可是‘刚来’哦。所以，只有门地同学和学长两人在活动室的时间应该是非常短的。之后我一直坐在门边的椅子上，所以也不可能有人在那以后靠近炸面包。”

我可以同时回答这两人的疑问：

“哪怕非常短，但空隙就是空隙……不过，我倒是觉得，这空隙没那么短。而且健吾，两个人一起并不会令注意力提升，反而会令注意力下降，不是吗？”

健吾和杉同学露出了惊讶的表情。我把撑在大桌上的手举到面前，竖起食指说：

“门地同学从下午三点半左右开始写稿子。听健吾说，这是‘上周就开始写的那篇三段式报道’，好像花了相当长的时间，健吾甚至问了句‘很棘手吗’。门地同学对此的回答是‘是啊，文章不太好写’，接着说‘现在已经写完了’。意思是，虽然门地同学碰上了棘手的稿子，但在刚才都搞定了。说起来，在他写稿时来到活动室的洗马学长是一个什么样的人呢？”

对于本次事件，我始终决定百分百信任健吾的言行。当时，健吾是这么说的：

“‘要是写稿子卡壳了，学长肯定会帮忙给建议，哪怕放下他自己手头的事情’。没错吧，健吾？”

“啊……”

不知是谁突然低叹一声。

“门地同学先前是请洗马学长帮他改稿子。在这段时间里，两人应该在促膝长谈。大家还记得吗？杉同学说过，那张课桌旁边放着两把椅子。洗马学长是不是也坐在椅子上，帮门地同学改文章呢？虽然这只是我的推测。”

我停了下来，紧盯着门地同学。健吾、杉同学、真木岛同学也都盯着他。门地同学承受着目光的洗礼，若无其事地耸耸肩说：

“是啊。我请学长帮我改稿子了。这事没必要说，我就没说。”

真的吗？我能从门地同学的言辞间感觉到一股自尊心。是不是因为这自尊心作祟，令他说不出“卡壳时请学长帮了忙”这回事呢？不过这顶多是我的臆测，况且这跟揭露真相也八竿子打不着，我就没再多嘴。

关键的部分，这才开始。

“换句话说，杉同学听见的‘刚到’的‘刚’，并不是几秒钟以前，而是对帮门地同学改稿子的那几分钟所做出的粗略判断……那么，实际上大概有多久呢？”

我问门地同学。他的回答很随便：

“不知道啊。五分钟左右吧。”

“在这五分钟里，门地同学和洗马学长，或许都没注意到有人进了活动室。我可以这么认为吧？”

这个问题十分刁钻。在已被我指出门地同学未发现洗马学长进屋的前提下，他是没法回答“不，我应该注意到了”的吧。

“学长很认真地指点我，我也很认真地听他讲。剩下的就随你怎么想了。”

他只是很不高兴地说了这么一句。

这样我就证明了一点:炸面包有一段时间脱离了社员的视线。

“接下来，关于面包个数……”

说着，我看了看盛炸面包的盘子。

“家政社的男生往其中一个炸面包里滴入了超辣的塔巴斯科。把它放上盘子的是洗马学长，家政社的男生并没看见盘子里有几个炸面包。另一方面，试吃的时候，盘子里有四个炸面包，含塔巴斯科的那个不在其中。”

“那……”

真木岛同学欲言又止，没再继续。我心生些许同情，接着说:

“也就是说，只能认为学长拿来的炸面包不是四个，而是五个以上……综合目前为止获得的信息来看，可以认为是五个。”

“我明白你想说什么。”

健吾板着脸说:

“的确，新闻社还有一个高一的，饭田。如果把他的份也算上，拿来的炸面包就是五个。但是洗马学长应该已经知道那家伙不参加试吃了。纯粹是他搞错了吗？”

“虽然不排除这种可能性，但在那之前，你刚才这句话说得不太准确啊。健吾，你只看到真木岛同学把‘饭田同学不参加试吃’这封邮件发给了洗马学长。这并不等于学长已经知道了，有可能是漏看了这封邮件，也有可能是后来才看到的。”

“等等。”

杉同学的声音很轻，语调却很尖锐。

“学长应该给小真……真木岛同学回信了，不是吗？”

“她确实是这么说的呢。”

真木岛同学说，对方回了条只有“明白”二字的消息。然而……接下来这句话真难说出口啊。我挠了挠脸，把头扭向一边。

“然而，除了真木岛同学，谁也没见过这封回信。”

真木岛同学的脸“刷”地红了。

“喂，怎么回事？你的意思是，我……”

此刻，我只好装傻了吧。

“你会不会把别人的消息误以为是他的了啊？这种事很常见嘛。”

我不给真木岛同学留反驳的空隙，紧接着说：

“如果你把那条消息误认为是洗马学长发来的回信，而实际上学长还没看过你那封邮件，事情就非常简单了。洗马学长觉得，万一饭田同学来了却没他的份，那也太可怜了，于是就要了五个炸面包。而其中一个被滴进了塔巴斯科，并在试吃之前消失了。”

“对了！”

突然，真木岛同学惊声道：

“我想起来了，当时我还在跟我哥哥发邮件。因为我托他帮我买个什么东西，那句‘明白’大概就是他的答复！”

“洗马学长在演出前应该挺紧张的呢。就算他没注意到邮件，想必也不能怪他吧。要是你带了手机就好了，还能确认一下，好可惜。”

“真的。啊啊，搞砸了啊。”

说着，真木岛同学无力地垂下了脑袋。

嗯。

真木岛同学是一个不怎么会演戏的人。看到她的反应，另外三人也该明白发生什么事了吧。总之，真木岛同学发去的邮件被洗马学长无视了。这是因为洗马学长忙于准备演出，还是因为真木岛同学与洗马学长之间有着某种微妙的紧张气氛，理由不得而知。但对以洗马学长的发小自居，主动承担联络任务的真木岛同学来说，她并不希望别人知道这些吧？

刚才真木岛同学突然说，大概是自己中了奖。可那并非出于她觉察到了“谁都没承认中奖，是因为炸面包有五个”这一可能性吧？顺着那条线继续验证的话，炸面包的个数还是会成为问题，而且那样一来，真木岛同学所谓的“学长回信了”这一证词也会遭到怀疑。所以，她是为了结束这个问题而自称中奖的吧？

我提出“以为对方回信了是一种常见的误会”之后，真木岛同学二话不说就上钩了。她对“自己跟洗马学长关系要好”这回事的重视已经到了这种地步吗？

但无论如何，我对这种人际关系上的受挫毫无兴趣。

“好吧，总而言之——”

我重振了一下精神，说：

“一开始有五个炸面包——我们最好以此为前提去思考。”

“现在我们知道了，炸面包有五个，还存在脱离社员视线的时间。那么，吃掉它的，是谁呢？”

健吾交叉着手臂，杉同学窥视着其他社员的表情，门地同学板着脸沉默不语，真木岛同学的脸仍有一点红。

堂岛健吾问我，是谁吃了那个有“奖”的炸面包。至此的所有讨论，都是为了回答这个问题而做的准备。

“哪怕门地同学与洗马学长的注意力都集中在稿子上，这两人一直在活动室也是板上钉钉的事实。然而他们都没注意到有人吃了炸面包，或至少有人把它从盘子里拿走了。也就是说，我们可以认为这个‘他’或‘她’，没跟这两人打招呼就采取了行动。”

我停顿了一会儿，等大家基本理解了我刚才那番话后，接着道：

“话说，炸面包是为试吃之后写报道而准备的，在此的四人肯定知道这一点。虽然盘子里有五个炸面包，可不跟活动室里的两人打声招呼就偷吃一个，这不合道理。可能性不是没有，但实在是太不合理啦。”

我设置的前提之一是，“犯人”的行为需要有合理性。因此，就不用考虑杉同学或真木岛同学背着门地同学与洗马学长偷吃这回事了吧。

准确地说，真木岛同学有理由采取这种行动。因为在发现炸面包有五个时，她会意识到自己跟洗马学长的联络出了纰漏，于是她藏起一个，为的是把自己的办事不周给蒙混过去。但这么一来，在试吃后没人承认中奖时，她就该明白藏起来的那个是有“奖”的了。那么这一瞬间，如果她不说自己正是中奖者，事情就瞒不住了。而事实上，真木岛同学是在试吃过后很久才坦白的，由此可以证明，她并没有在试吃之前藏起炸面包。

“那确实不合理。”

健吾郑重地说：

“但你发现了吗，常悟朗？”

“发现什么？”

“这么一来就没有嫌疑人了。”

我就知道他会这么说。

“是饭田吗？”

门地同学不太肯定地低声问道。但是被健吾一句话挡了回去：

“不是。我一直跟那家伙在教室里聊天。时间上来说不可能。”

所以嫌疑人就消失了吗？不，没有。

“健吾，炸面包被洗马学长放到活动室后，门地同学与他讨论稿子的这空白的五分钟里，盛炸面包的盘子是怎样的状态？”

健吾眉毛一跳，放开交叉着的手臂，指着大桌上的盘子说：

“就是这个状态。从试吃开始，就没动过这个盘子。当然，你说的那个时间段，柏林面包也在里面就是了。”

“这就不对了。”

“什么？”

我慢慢走近冰箱，说：

“盛炸面包的盘子是在空白的五分钟之后才成为现在这个状态的。因为，和洗马学长擦肩而过进入活动室的杉同学为了方便拍摄炸面包，把大桌收拾了一下。”

突然被叫到名字，杉同学的身体抖了一下。

“啊？我做错什么了吗？”

“怎么会呢，一点都没错。”

错是没错，但事实上，杉同学这一无意识的举动却令事态变得更错综复杂。我拿起放在冰箱上面那个装着麦芽糖和奶糖的木盆，回到大桌旁，说：

“杉同学收拾大桌之前，在那空白的五分钟里，炸面包的盘子是呈这种状态的。”

我放下木盆。

盘子旁边的木盆上，还贴着那张便条纸。

“原来是这样！”

健吾大叫起来。

“就是这样。炸面包旁边有个贴着这样的便条纸的木盆……健吾，给我问卷的回收箱。”

“好。”

我把他递过来的回收箱放到木盆的旁边。

另外三人慢了一拍后也吵嚷起来。

“会来这活动室的不止新闻社社员。比如说，我就来了，真木岛同学也碰到别的女生。我和那位女生是来送新闻社发放的问卷的。而且，没理由认为这样的人只有我们两个。”

便条纸上是这么写的——“请将调查问卷放进这个箱子。甜点是给大家的回礼，请自由取食”。

“门地同学与洗马学长讨论稿子的时候，某人来送问卷，但发现他们似乎在忙，便不好意思开口。这时，某人突然发现便条纸上写着要大家把问卷放进箱子里，于是就听话地照做了吧。”

杉同学说她收拾了一下桌面，而真木岛同学说杉同学收拾了回收箱。这表示，在杉同学收拾之前，回收箱是在大桌上的。

盛着甜点的木盆上贴了便条纸，写着“请把问卷放进回收箱里”。这表示，木盆也在回收箱旁边，换句话说，它必然也在大桌上。

门地同学与洗马学长讨论稿子的时候，大桌上放着问卷回收箱、贴着便条纸的甜点木盆和盛着炸面包的盘子。

“然后，那个某人看到便条纸上写着‘这是回礼，请自由取食’，就自由地取食了——取的是隔壁盘子里的炸面包。所以，作案的是外部‘犯人’。”

最早我试图探讨外部‘犯人’这一可能性的时候，新闻社的几位给了我三个否定的理由。第一，活动室里一直有人;第二，炸面包是四个;第三，外部人员自作主张吃炸面包的行为太违背常识。然而在听取证词并加以讨论的过程中，这三个理由都被推翻了。

门地同学的沉默，真木岛同学的谎言，杉同学的周到，令状况逐渐扭曲，变得异乎寻常。但整理好一切之后，真相却是如此的明了。

“这都什么事儿啊……”

健吾嘀咕道：

“意思是，放了塔巴斯科的柏林面包落到了毫无关系的学生手里吗？这也太倒霉了吧，五分之一的概率啊。”

“是呢。虽然不知对方是男是女，但真的倒霉。这可是事故啊。”

“再怎么说是事故，也……喂，怎么办啊？”

健吾最后这句话不是对着我，而是对着新闻社社员们说的。

“你问怎么办？怎，怎么办啊？”

“校内广播吼一下？‘千万别吃’！”

“来不来得及啊，这都过去一个小时了。”

我侧眼看着这群慌慌张张，空前团结的新闻社社员，脑中思忖着那素未谋面的外部“犯人”。实在太可怜了，明明只是来交问卷而已。对方肯定跟我一样，在班里是一个不起眼的人吧。发现炸面包后，此人没有当场吃下，而是带走了。要是还没吃那倒也好，如果吃了……

想必是要吓出魂来吧。这人一开始肯定是丈二和尚摸不着头脑。咳了一阵之后，就是跑去疯狂喝水吧。说不定嘴唇红肿，这人便打开窗户吹吹风，指望能消消肿。得有一会儿连话都讲不利索了吧。而且，说不定……

“啊。”

“怎么了？想到什么了吗？”

健吾一脸认真地问，我赶紧摇了摇手。

“不，什么都没有，一丁点儿都没有。不过我想，单纯为了送问卷来的那位同学……”

“怎么了？说啊。”

我忍不住吞了口唾沫。嘴唇红红，口齿不清的那位同学正呆站在窗边——

“说不定还流眼泪了吧。”

“什么意思啊？”

健吾皱起眉头，嘟囔了一句。

佛罗伦萨泡芙之谜

1

十二月结束之前还丝毫没有冬季的气息，可一到新年一月，寒气就像瞅准了这一刻似的骤然降临。不知道小佐内同学是在哪里过了怎样一个寒假，反正进入第三学期，第一次在学校打照面时她就气呼呼地嘟着嘴说：

“回家路上我想去一家店吃甜品，你陪我一起去吧。”

“可以是可以……什么时候？”

“今天放学后。”

“还真突然啊。”

小佐内同学睁大了眼睛，像是我的回答出乎了意料，她胆怯地问：

“你这么一说好像是有点突然……不方便吗？”

元旦前后我打了点工，手头还算宽裕，而且放学后也没什么事。并不惧怕单独行动的小佐内同学会要求我陪她去吃甜食，必然是事出有因。不过我们之间向来是承蒙彼此特殊关怀的互惠关系，原因就无须深究了吧。

“方便啊。好呀，一起去吧。”

听我说完，小佐内同学微笑着点了点头，短发一摆一摆的。

我们约在换鞋处前面碰头，放学后，我立刻在约定的地方等着了。但这地方没选好，冰冷干燥的风片刻不停地吹进来，实在是太冷了。

木良市一带整年都很温暖，就连冬天，很多时候都不必穿戴保暖用品。我也是因为大意和逞强，只戴了一条围巾上学，不巧的是，今天冷得要命，甚至让我有种快冻死的危机感。我抱着自己的手臂，不住地往走廊张望，盼着那人快点来。我先看右，再看左，接着再往右看时发现对方就在眼前。

“久等了。”

小佐内同学的保暖措施真是做得一丝不苟。她身穿深藏青色粗呢大衣，头戴奶油色的耳罩，手上是同色的镶毛边手套，格子围巾一直缠到眼睛下方。娇小的身躯裹得圆乎乎的，不知为何，只有眼睛透出一股得意的神色。

“看起来好暖和啊。”

我表达出所见所感后，小佐内同学歪起那埋在围巾里的脖子，说：

“嗯？现在可是冬天呀，很冷的。”

她穿着厚厚的黑色连裤袜，脚上却是看起来不怎么耐寒的学生款乐福鞋。我们并排出了校门后，她几步便走到了前面，也没说去哪里，只是快步向前。她不是一个话多的人，所以像这样一言不发倒是不稀奇。而我冻得连张嘴都嫌麻烦，所以也就迎着寒风默默地走起来。

小佐内同学要去的地方似乎在车站那边。道路两旁的店铺逐渐多起来，不知不觉，头上还出现了拱顶。行人们虽没到小佐内同学那么夸张，不过都穿戴着保暖用品，这令我觉得只有一条围巾的自己简直太凄凉了。

很快，小佐内同学在某家店门前停了下来。外面挂着日式甜品店的招牌，展示柜里陈列着年糕小豆汤和团子等样品。

“这里？”

小佐内同学点点头。

“好歹是一月。”

原来是这样。倾向西式甜品的小佐内同学会来日式甜品店令我觉得很新鲜，不过她的重点似乎是应个景，品尝一下有年味的年糕。

小佐内同学“嘎啦嘎啦”地拉开移动门，温暖的空气便扑面而来。放着六张桌子的小店里，只有一张是空着的。桌子都是四人座，所以我充分理解了小佐内同学不太敢一个人进来的缘由。顾客里上年纪的居多，大家都喜滋滋地享用着甜品。

“欢迎光临，这边请。”

领位的店员看上去像大学生，声音爽朗，动作也很敏捷。对方带我们去的那张桌子离空调出风口很近，脖颈沐浴着暖风，我不由得松了一口气。小佐内同学没有摘下耳罩围巾，不过粗呢大衣终究是脱了。她拿起手边的菜单严肃地看了起来。真希望也能给我瞧一瞧。

“乡村年糕小豆汤……”

“那，我也要这个。”

“还是御膳年糕小豆汤……”

“那，我也要这个。”

小佐内同学瞪了我一眼。

“小鸠同学，你就没一点主见吗？”

真希望也能给我瞧一瞧菜单。

我扫视周围，只见麦芽糖色的墙上贴着写了餐品名的长条纸签，于是我望着它们选了起来。最终，小佐内同学点了乡村栗子年糕小豆汤，我点了御膳年糕小豆汤。不知怎的，她用满怀恨意的目光看着我说：

“哟，小鸠同学点了流沙豆沙的呀？我们要是再熟一些，我就会请你分一点儿给我了呢。”

我很想说一句“那你就点两种好啦”，可这么一说，搞不好小佐内同学真的会点两份，到时候晚饭可就吃不下了吧。为了她的营养均衡着想，我决定闭嘴。

话说回来，今天的小佐内同学看上去有些反常。怎么说呢，难得来了甜品店，她看起来却不怎么开心，或是说，好像有点焦躁。不久，小豆汤送来了。她盯着看了一会儿，还双手合十拜了一拜。虽然她是一个会在用餐前说“我不客气了”（**注：日本人会在用餐前说“いただきます”以对做饭的人、提供食材的人或食材本身表示感谢**）的人，但我还是第一次见她如此虔诚地献上祷告，便禁不住问道：

“怎么了？这么认真。”

小佐内同学低吟了一句“没什么”，仿佛在犹豫要不要说，但或许是小豆汤当前，不愿浪费时间吧。她叹了口气，简短地说：

“我刚才在对今年吃的第一份甜品祈祷，希望能消灾解厄。”

也就是甜品开运？虽然这风俗我可是闻所未闻。

“因为去年我没几次能安安心心吃上甜品的。尤其下半年，简直惨透了。”

说着，小佐内同学摘下围巾，拿起木勺，挖起一团颗粒状的豆沙，吹了好几口气后送入嘴里——因为她怕烫。

她所谓惨透了的下半年，指的是去古城小姐所在初中的文化节品尝纽约芝士蛋糕，回家前本想再尝一次，结果意想不到地遭到绑架终未如愿那回事吧。然后，大概还有新闻社那事。不过，秋初那件事又要怎么算呢？知名甜品店在名古屋开了新店，我们便前去品尝马卡龙，应该只点了三个，却多出了第四个。尽管小佐内同学和我没忍住去探究了背后的原因，但马卡龙最终还是吃到了。

“我觉得Pâtisserie Kogi那次还算好吧。”

听我这么说，小佐内同学的勺子倏地停在了空中，然后说：

“是呢……”

“您不满意的是？”

“面对如此美妙的季节限定马卡龙，我却没能全神贯注地去品尝，记得的净是戒指那档子事……简直一失足成千古恨。”

她这番话说得颇有侠气。

我那份小豆汤也送到了，于是我赶快来上一勺。热乎与香甜将体内残留的寒气一股脑地驱逐了出去，背上顿时冷飕飕的。我们面对面，无声地动着勺子。吃了一阵，喘上一口，我接着举筷夹起那烤成狐狸毛色的年糕。它有着绝妙的Q弹口感，令人满心舒爽。

“那么——应该是有什么契机，让你重新想起去年遭遇的不幸吧？”

我会问出这话来，其实没有太大的理由。如果她一直都觉着去年过得太惨，希望今年能转运的话，那么在第三学期开始之后才来祈求消灾解厄，我感觉稍微晚了点。小佐内同学停下动着勺子的手，抬眼看向我说：

“果然，直觉真敏锐呢。”

“谢谢。”

“我喜欢直觉敏锐的人，只要别看穿我就行。”

小佐内同学放下勺子，从书包里取出一本薄薄的杂志。这本迷你杂志名叫*ORCA*，我曾在车站和书店见过。

“你看看里面的第一篇报道。”

我听话地翻开杂志，一篇记述名古屋召开日意Pasticcere交流会的报道跃入眼帘。Pasticcere是patissier（**注：法语，甜点师**）的意大利语，报道说，日本和意大利的甜点师们举办了一场立餐派对（**注：站着用餐，会场一般不准备椅子的派对**），度过了一段美好的时光。我刚想问小佐内同学这事怎么了，但立刻改变了主意。急着问答案就不好玩了，我想猜猜看，是这篇报道里的哪个点刺激到她了。

我看了一下内容，里面几乎没有提及交流会的仪式和来宾发言，大段篇幅主要花在了派对餐品上，而且是甜品类。我疑惑地翻回目录，发现上面齐刷刷地罗列着新开张的蛋糕店信息，或是新上市的礼品介绍。看来这迷你杂志本身就是面向甜食爱好者们的。日意甜点师交流会上，市内数家西式甜品店的甜点师们大显身手，准备了各种意大利式甜品，楔子海绵蛋糕或萨芭雍什么的，说了我也不知道是什么东西，不过提拉米苏和意式奶冻我还是知道的。小佐内同学是看过这篇记述精美意大利甜品的报道后，忽然感到了自身的悲哀吗？虽然我觉得并非如此……

大概是对半天没能抓住关键的我有些不耐烦吧，小佐内同学吐出两个字：

“照片。”

啊，照片？这么说来我还没好好看过呢。这是在某个酒店里吧，地上铺着地毯，空间很宽敞，天花板上垂着熠熠生辉的水晶吊灯。桌上有只大虎鲸正翘着尾巴，不知是雕刻还是糖制品。这是名古屋的象征，所以可能在某处还有一个意大利的象征，但是照片上没拍到。其他照片上有许多蛋糕的特写，看起来都非常好吃，不仅有稀奇新颖的，也有司空见惯的泡芙之类的。还有一张照片上，一个留胡子的白人男青年和一个大约是日本人的中年男子正手持红酒杯相视而笑。他们身后有个穿水手服的女生正注视着斜上方，露出满脸的笑容，像是遇到了什么开心事。照片上方印着“交流派对盛大华丽”一行字，最后那个“丽”字跟女生的头部重叠到了一起。

等等，这女生……

“这不是古城小姐吗？”

古城秋樱小姐是我们在去年秋天不期而遇的初中生。那水手服好像也似曾相识……不就是古城小姐就读的礼智初中的校服吗？

“正是。”

说着，小佐内同学稍稍皱起了眉头，把小豆汤送进嘴里。原来是这样，换句话说——

“你嫉妒了吧？”

“是羡慕啦。”

一边是在隆重场合随心享用意式甜品并笑逐颜开的古城小姐，一边是去年的自己，这么一比较，小佐内同学大概产生了些许伤感吧？她动勺子的节奏快了起来。

“我看这篇报道的时候正好在发烧。我想着，躺在床上好难受啊，等病好了肯定会有好事发生的，否则我就没法平衡了。而正在这时，我发现这篇华丽派对的报道里有古城同学，她脸上沾着奶油，笑得很开心呢。”

听她一说，我再仔细一瞧，古城小姐的面颊上——应该说是嘴角上——确实沾着奶油，这让她看起来又多了一分幸福感。

“这就是嫉妒呢。”

“是羡慕啦。”

这两个词的意思有那么大的差别吗？

“我姑且问一句，你现在烧退了吗？”

小佐内同学稍稍睁圆了眼睛。

“嗯，已经没事了。谢谢。”

“不客气。”

我把年糕吃下去，又夹了两片附带的柴渍（**注：一种日式咸菜**）吃下，小佐内同学则呼出了一口气。

合上那本迷你杂志，我再次盯着写了“ORCA”这名称的封面看起来，只见一个不知姓名的女演员正对着面前的芭菲露出微笑。

“这杂志好厉害啊。ORCA是蛋糕术语还是什么？”

小佐内同学舀着小豆汤，只说了一句：

“虎鲸。”

这么说来……看上去，只是因为这迷你杂志是在名古屋发行的，所以起了一个有名古屋象征的名字。小佐内同学默默地吃完栗子甘露煮，喝了一口茶，然后伸出左手食指左右摆了摆，说道：

“*ORCA*原来只是一本普通的迷你杂志，不过大概六年前换了主编以后，他们就把力气倾注到甜品上了。正因为这种差异化路线，所以这本杂志现在还卖到了市外。”

“啊，不是免费发的啊？”

“小鸠同学，你应该没有不声不响地偷拿吧？”

我怎么可能干这种事。

小佐内同学继续摆着左手食指说：

“尤其是年末惯例的‘ORCA精选甜品店年度排行榜’，影响力出乎意料的高。听说，要是上了这个榜，就连东京和大阪的百货店都会去找店家洽谈。到去年为止，八事（**注：日本爱知县名古屋市天百区的地名**）的Marronnier Chan三年蝉联第一，但今年的第一名被别家抢走了。”

我听出她想说什么了——

“莫非是，古城家？”

小佐内同学满意地点点头。

“你很懂嘛，小鸠同学。没错，Pâtisserie Kogi Annex Ruriko是今年的第一名。”

这家店明明秋季刚开张，却在年底的排行榜里夺得了第一，真可谓势如破竹啊。而小佐内同学在这家店才开不久便去了，可见其雷达之敏锐。

“好厉害呀！能尝过那里的甜品简直太荣幸啦。”

面对我这发自内心的感叹，小佐内同学的表情却忽然阴了下来。

“是啊……不过，要是能跟他们说上一句‘真好吃’再回家，就更好了呢。”

啊，她又消沉起来了。

小佐内同学端起茶杯，豪迈地喝下几大口茶，然后“咚”地一声把茶杯放在桌上，说：

“总而言之，我一直在想，今年要是有点好事就好了呢。点心里没有奇怪的东西，好不容易买的草莓挞没被偷走，不会只为想吃个蛋糕而突然遭绑架。我是多么想随心所欲地品尝美妙的甜品，然后满足地说一句‘啊，我已经吃饱了，非常感谢’啊。”

那是芋粥吧？**（注：《芋粥》，作者是芥川龙之介。主人公有一句台词是‘我已经吃饱了’。）**

“关于这一点，看来今天你是如愿以偿了呢。”

我带着为她鼓劲的意思说道。小佐内同学听罢，沉默了一会儿，然后点点头说道：

“嗯。小豆汤非常好吃，很暖和。”

不过，她这满足似乎并不是发自肺腑。为用甜点讨个彩头，她吃了有年味的年糕，事实上也的确很好吃，但在感觉上，这跟随心所欲的满足状态还是不太一样的吧？听她说得如此令人哀怜，看来现在不是担心晚饭的时候。我冲着早早吃空了碗、正不时往我的御膳年糕小豆汤瞟来瞟去的小佐内同学提议道：

“不再点一碗？”

“咦……但是……这……不行啊，小鸠同学。但是……可以吗？”

你是在冲谁摆那烦恼的姿态啊？结论已定的话，不就只剩下行动了吗？

而正当小佐内同学向店员半举起手的那个瞬间，我听到了低沉的“嗡嗡”声。那是手机的静音模式下有电话进来时的声音。我不由得摸了摸口袋，但我的手机没动。小佐内同学从裙子口袋里掏出手机，看了一下屏幕。

“说曹操，曹操到。”

也就是说，这是古城小姐来的电话。小佐内同学从座位上站起来，说道：

“我出去接一下。”

所幸电话是在她吃完小豆汤之后打来的。我目送着小佐内同学拉开移动门走到店外，然后我看向自己的御膳年糕小豆汤。碗还热着，滑溜溜的流沙豆沙照理说非常甜，却并不会腻。我从没想过要到店里吃小豆汤，小佐内同学算是告诉了我一件好事。柴渍的鲜咸恰如其分，不时来上一口的茶感觉也比平常更有滋味。哎呀，全身都暖洋洋的了。

我刚这么想，一股冷风就窜了过来。是小佐内同学拉开移动门回来了。外头似乎相当冷，她用双臂紧紧地抱着自己。没穿戴保暖用品就出去，确实是会遭殃的。她慢慢在椅子上坐下，表情稍显阴沉，这或许跟我的碗已经空了略有关系，但应该不完全相关。

“怎么了？”

小佐内同学先喝了一口温吞的茶，然后稍微歪起脑袋说道：

“我也不太清楚是怎么回事。”

她盯着手机，仿佛答案会从那里蹦出来。屏幕暗下去后，她一边把手机放回口袋，一边接着说：

“古城同学说，她被停学了。哭得很伤心呢——她说自己明明是无辜的。”

2

那周的星期六，我一早就跟小佐内同学坐上东海道线的电车，赶往名古屋。

初中的时候，我身边也总会发生很多状况。比如，不堪回首的往事啊……还有……我觉得都是一些不堪回首的往事吧。话说回来，虽然我也有好几个校友曾经违反过社会规范，但他们顶多是被学生指导室的老师严厉斥责一番，却从未被停过学。那是因为，我和小佐内同学就读的都是公立初中，不让本该接受义务教育的学生上学是要出问题的。准确地说，古城小姐受到的处分似乎该叫“居家学习”，但总之她用了“停学”一词，于是我对私立学校特有的这种措施产生了异样的崇敬。

小佐内同学会去安慰伤心的古城小姐，这举动毫不奇怪。但这次，她把我也叫上了。古城小姐对我应该没什么好印象，不过小佐内同学是这么解释的：

“她对你好像的确不太耐烦，但她本人说希望小鸠同学也能去的。文化节的时候，你不是一直在想办法救我吗？她好像是通过那些事稍微改变了对你的看法。她说，想请你一起听一听事情的经过。”

“我的自尊心得到了极大满足，高兴极了”——不过这话我没法说出口。古城小姐虽没有任何过错，可无关人等对我的期待勾起了我不太愉快的记忆，让我想起了跟小佐内同学约定成为小市民之前的自己。不过，好吧，我对自己也没爱护到要拒绝帮忙的地步就是了。

我和依旧穿得圆滚滚的小佐内同学从名古屋站进入地下，沿着复杂离奇的路线来到地铁东山线的觉王山站。上到地面，冬季的天空澄澈得令人吃惊。周围似乎是住宅区，宽阔的道路两侧耸立着一栋栋五六层楼高的公寓。

“这边。”

小佐内同学好像来过似的，只大致环视一下周围，便迈开了步子。

离开干线道路后，周遭迅速地安静下来。柏油马路褪了色，写着“停”的交通指示牌也有点歪。独院的房子很多，绿化植物上凋落的树叶随着冷风在路面上滑行。小佐内同学在一栋雪白的四层公寓楼前停下，走到玻璃门前。但门没打开。

“咦？”

“我第一次来，所以不太清楚，这里的门是不是会自动上锁的啊？”

小佐内同学什么话也没说，像是打一开始就想好了似的操作起玻璃门旁边的面板。很快，面板传出了闷闷的声音：

“你好。”

“你好，我是小佐内由纪。”

面板另一头的声音立刻带上了喜色。

“啊，好的！这就开门！”

玻璃门开了。我可没听漏——门打开的瞬间，小佐内同学嘀咕了一句“芝麻开门”。

古城小姐的家在最顶层的一角。我不怎么懂房子，但这居住条件算是相当不错的吧？小佐内同学曾告诉我，古城小姐的父亲古城春臣是在东京开店的著名甜点师。听说古城春臣是名古屋人，所以看到他家是公寓房，我略感意外。先前我一直以为他住在颇有年头的独门独院里。

来到焦茶色的门前，小佐内同学按响了门铃。

“你好，我是小佐内由纪。”

房门忽地一下开了。古城小姐一看见小佐内同学就嚷着“小由纪学姐”，旋即抱着她哭了起来。小佐内同学露出了十分困惑的表情。不过她还是僵硬地抬起手，小心翼翼地放在古城小姐的脑袋上，温柔地抚了又抚。

古城小姐把我们请进了客厅。大概因为这屋子是以白色和玻璃为基调吧，墙壁也好天花板也好家具也好，整体充满了透明感。黑色的大概只有没开的电视吧。这空间仿佛纤尘不染——我脑中萦绕着这念头，禁不住联想到了病房。沙发前的矮桌上摆着花瓶，里面那色彩缤纷的花束并没有减弱这种病房感，反而进一步加强了。

餐边柜上摆着一个玻璃制的相框，但正面朝下。墙上挂着电子式时钟，显示着十一点。古城小姐泡了香草茶，我和小佐内同学坐在白沙发上，一一接过她端来的茶。经过一番不可或缺又毫无意义的寒暄，我们进入了正题。

“我大致看了一下短信。”

小佐内同学开口道：

“你再跟我说说，为什么会闹到要停学的地步。”

古城小姐一人坐在坐垫上，老实地点头说道：

“跨年的时候，我们班里有几个人好像办了派对。他们叫了其他学校的朋友，一起搞了倒计时什么的。具体我不太清楚。然后，听说气氛很不错，大家喝了香槟之类的酒。”

这种事挺有可能的，我默默地点了点头。只见古城小姐的眼眶里眼看着又涌起了一汪眼泪。

“那事明明跟我一点儿关系都没有。除夕那天，我一个人在做年菜。到了新年，爸爸要回名古屋来，我们还要去爷爷家拜年。我连大扫除都没做完，忙得很呢。但是，学校的老师坚持说我也在那个派对里，说我喝了酒，完全不听我的解释。”

泪水顺着她的脸颊滑了下来。小佐内同学面无表情地问道：

“你刚才提到学校的老师了是吧？要你停学的是谁呢？”

“是班主任深谷老师。他说停学这事已经定了，跟他讲也没用……那个老师很讨厌我！”

深谷老师是否讨厌古城小姐，这我不清楚，不过，我对他告知处分时的措辞有点疑问。如果直白地去解读那番话，他像是在说，决定停学处分的不是自己，自己只是一个传话的罢了。

古城小姐把嗓音拔高了八度说：

“如果我真干了，遭到惩罚，那我无话可说，但我什么都没干啊！除夕那天，我还想去爷爷家呢，是爸爸说‘家里就交给你了’，我才会这么拼命的，结果老师却说我去了派对！怎么想都没法原谅他！”

“是呢。”

小佐内同学嘀咕道：

“没法原谅呢。”

那之后的一段时间里，只有古城小姐的抽泣声在客厅里回荡。我什么都说不出口，小佐内同学也紧闭双唇，似乎只能沉默。

稍稍平静一点后，古城小姐仍带着些许抽噎，挤出几句话来：

“小由纪学姐，我真的很不甘心。肯定有人造谣说我也在那个派对里。到底是谁……为什么要这样……”

“你想知道？”

小佐内同学轻声说：

“确实，单就你说的来看，只能认为是有人撒了谎。那么究竟是谁呢？是谁下了圈套陷害你呢？说不定，我们能有办法知道真相。”

古城小姐用通红的眼睛盯着小佐内同学。

“古城同学，你真的想知道你的敌人是谁吗？”

话音刚落，对方立刻给出了一个清晰的回答：

“想。”

我很明白。小佐内同学是希望古城小姐能死心的，希望她对这种不合情理表示认命，接受这种状况的存在，做一个小市民。因此，小佐内同学不停地确认道：

“要想知道隐蔽的真相，多数都得付出代价。但有些真相，可能并没有到不惜代价都想知道的地步。即便是这样，你也想知道吗？无论如何都想知道吗？”

然而，古城小姐没有一丝迷惘。

“无论如何都想！”

她嘶吼道：

“因为没法原谅这种事啊！”

“是吗……”

小佐内同学低下了头，我不知道她是什么表情。是陷入了悲伤，还是在笑呢？她深深地沉入白沙发，这么说道：

“明白了。那，我来帮你。”

据说，因本次事件遭到停学的共有四个人：茅津未月、佐多七子、栃野美绪以及古城秋樱。所有人都是初三，而且是同一个班的。

古城小姐说，除她以外的那三人中，茅津同学的地位相当于首领。

“我没怎么跟她讲过话，但应该没错。感觉上，另外两人总是粘着茅津同学……”

小佐内同学问起茅津同学给人什么感觉，古城小姐便拿来了几张照片。据说是分发到各班的运动会抓拍照片，所有人都穿着运动服。

“这个人就是茅津同学。”

既然是因为在跨年派对上喝酒而遭停学，想必看上去会很张扬吧，可我这天真的猜测完全落了空。仔细一想，古城小姐就读的礼智初中校风似乎还挺严，这样的话，她就不可能穿着奇装异服参加学校的活动。照片上的茅津同学像是在跑接力赛，她手脚都很修长，头发在脑后扎成一束，如果放下来应该挺长的。感觉她的表情倒有几分成熟，不过总还是个初中生模样。

“我记下来了。”

虽然小佐内同学这么说，但我还是请古城小姐把照片借给了我们。说不定还有可能会让其他人瞧一瞧。

看了佐多同学的照片，我发现她虽然只是坐在观战席中，却有着一种十分咄咄逼人的气质。还是说，那是她发现照相机正对着自己，由于讨厌拍照而怒目圆睁，结果反而恰好被拍下来了呢？她的脸偏圆，不过从其他照片上的站姿来看，我并不觉得她属于结实的那种。栃野同学看起来额头很宽，但或许这是把头发全往后梳了的关系吧。她的皮肤晒得有点黑，照片里的她似乎是刚输了拔河比赛，一脸不满的表情。

“你刚才说没怎么跟茅津同学讲过话，是因为和她的小团体关系不好吗？”

我特意多问了一句，未料古城小姐却摇摇头。

“没有呢。班里有活动的时候，我会配合她，有事的时候也会跟她搭话。”

古城小姐对我似乎还是保持着一定的距离，不过算是老实回答了提问。看来，她说希望我也能帮忙是确有其事了。

“但是，我从来没跟她在学校以外的地方见过面。真搞不懂为什么会以为我是茅津同学那个小团体的。”

她这番话没有什么会让人起疑的地方，但小佐内同学敏锐地插进来说：

“真的，一次都没见过吗？”

古城小姐的表情僵硬起来。

啊，怪不得我觉得她的口吻有些不自然，原来那并非出于面对男生时的紧张，而是因为说谎了吗？这一点我没能看穿。

“要是不把实话全说出来，我们是帮不了你的。我也好小鸠同学也好，不管古城同学说什么，都绝不会责怪你，但说谎可不行。”

古城小姐的脸红了，她低下头说：

“只有一次，我们一起去过卡拉OK。那是文化节的庆功会，班里一半同学都去了……但是，绝没有喝酒！”

小佐内同学温柔地微笑道：

“明白了。还有什么没想起来的吗？不仅茅津同学，跟佐多同学和枥野同学也没有关系吗？”

“那个……我和佐多同学应该没有说过话。枥野同学好像对做甜品挺感兴趣的，我想过要和她好好相处，但我们的性格似乎不太合。感觉她像是讨厌我，或者说是敬而远之。”

古城小姐做蛋糕的技术可是正统派的。如果枥野同学所谓的兴趣只是喜欢烤烤饼干这种小儿科，那敬而远之倒也是可以理解。

“果然还是茅津同学呢……”

小佐内同学用拇指按着嘴唇，喃喃道。她的视线穿过刘海往我这里一瞟，问道：

“小鸠同学，在人生地不熟的地方有可能打埋伏吗？”

“可能是可能。小佐内同学，你是想跟茅津同学碰个面对吧？”

“嗯。”

“打埋伏倒也行，不过这样如何——”

我转而问古城小姐：

“你知道茅津同学的电话号码之类的吗？如果知道，试试看联络她，就说有话想跟她讲。”

小佐内同学一击掌。这是表示“还有这一手啊”的意思吧。她最先浮上脑际的居然是埋伏或盯梢什么的，这实在太不像小市民了。我回头再好好跟她谈谈吧。

古城小姐点点头，立刻拿来了手机。

3

茅津未月同学爽快地答应了古城小姐的请求。此时正巧是中午，双方便约好各自吃过午饭后，下午一点钟在名古屋站地下街的咖啡馆碰面。古城小姐说，那是一家没什么人气的店，哪怕星期六下午应该也有空位。

这次会面，古城小姐不跟我们同去。被责令“居家学习”的她要是被发现跟茅津同学有接触，等于主动承认了自己是茅津小团体的一员。古城小姐跟茅津同学说，到时自己的“表姐”会去向她了解情况，对方也表示了体谅。

从古城小姐的公寓出来，我们返回名古屋站，虽在地下街迷了一会儿路，不过还是在中午十二点半到达了约好的咖啡馆。这家店有个古朴的名字:富狱。内部装潢也好，播放的音乐也罢，甚至连留着小胡子沉默寡言的老板都很古朴。而且，我只是点了一杯咖啡而已，店员却还同时送来了吐司、迷你色拉、煮蛋以及稻荷寿司。等一下，只有小佐内同学一人直接面对茅津同学，我则会在附近的座位监听。

小佐内同学告知店员回头还会有人来，然后一人占了四人座的沙发席。她给我发短信说“这里有水果布丁”，我便回了条“那就把它当午餐吧”。不过小佐内同学还是没有用甜品替代正餐的意思，最终点了三明治。我们顺利吃完饭，小佐内同学点了热可可，我续了一杯咖啡，等待约定时间的到来。

茅津同学准点出现在店里，真是出乎意料的守时。照片上的那个女生今天把头发放了下来，身穿带毛皮的保暖夹克。她扫视了一遍不大的店堂，发现单独的女顾客只有小佐内同学一人后，诧异地皱着眉头走了过来。

“你就是，古城的表姐？”

她的声音冷冰冰的。双手捧着杯子正对着热可可吹气的小佐内同学抬起了头说道：

“是啊，我叫小佐内由纪。你就是茅津同学吧？谢谢你休息日特地跑一趟。”

茅津同学什么也没说，在小佐内同学请她入座前就一屁股坐进了沙发。从我坐的地方能看见茅津同学的脸，而只看得到小佐内同学的后脑勺。茅津同学向店员点了一杯香蕉汁，用湿毛巾擦完手后，说道：

“古城没事吧？”

大概小佐内同学没料到会有这样一个提问，于是回答慢了一拍：

“很消沉。”

“我想也是。可怜的家伙。”

然后，茅津同学直勾勾地盯着小佐内同学，问道：

“你跟她差不多年纪？”

“我是高中生呢。”

茅津同学满不在乎地甩了甩手，恐怕是没把这话当真。

香蕉汁上了桌，茅津同学一口气喝掉一半。小佐内同学切入正题：

“我听秋樱说，你们在跨年时喝了酒，而她完全不记得自己做过这种事，却也一起被停学。你能否告诉我，是不是有哪里弄错了吗？”

“行啊，不过哪儿都没弄错。我们在朋友家搞倒计时派对，有人拿出了香槟和苹果酒什么的，我们也稍微尝了点。古城明明不在现场，却被当成和我们一起，遭到了停学。你说的全对。”

茅津同学懒洋洋地把身体沉进沙发的靠背。

“还有谣言说派对上有男人，蠢死了。不，有是有啦，才七岁吧，中途就睡着了。然后，我们还去附近的公园放烟花了。”

喝酒虽然比较糟糕，但这聚会似乎还挺开心的嘛。

小佐内同学继续问道：

“当时大概有多少人呢？”

“十二三人吧。没有多到会把古城淹没的地步。”

“就是朋友间的玩乐对吧？为什么这事会传到学校去呢？”

茅津同学仰天长叹：

“因为有人脑子不好使啊。拍照也就算了，居然还放到了网上。然后，被某个好事者发现，结果就举报了。我们被叫去学生指导部，老师亮出照片，还说了一句‘自己都心里有数吧’。”

“是吗……这还真叫人同情呢。”

“算了，没办法。”

真够明事理的。或者，她只是在别人面前逞强罢了。我怕头抬得太高会引起对方警觉，便一个劲地盯着自己的咖啡看。虽然这举动也很古怪。

“你有那张被传到网上的照片吗？”

“啊——这可有点难说啊。照片拍了很多呢……稍等。”

茅津同学从夹克的口袋里掏出手机，操作了一会儿。

“有了，有了。是这张，大家干杯的照片。”

她把手机朝向小佐内同学，小佐内同学稍微顿了顿，说：

“上面没有秋樱呢。”

茅津同学立刻拔高嗓门，愕然地说：

“那当然啦！因为她本来就不在。我刚才不是说了嘛！”

“但是，秋樱被停学了。举报的照片上明明没有她……这是为什么呢？茅津同学，你知道吗？”

“谁知道呢。停学的第二天，我们被叫到学校，学生指导老师三本木一口咬定说:古城也在场吧？”

茅津同学粗声粗气地说：

“事先声明，当时我说的可是‘古城不在场’。我做不来找借口这种事，也不打算这么做。但是，我从没想过把根本不在场的古城牵扯进来，所以我说了好几遍那家伙不在场。结果，三本木就只反复叫我别撒谎，死也不肯听我说。”

“那个三本木老师一直都是这样不听人说话的吗？”

小佐内同学冷冷地问。茅津同学歪了歪脑袋，说：

“不……倒也不是这种感觉呢。当然，他是学生指导老师嘛，凶神恶煞的。老用大嗓门训人，所以我讨厌他。但是，他不会歇斯底里地说些有的没的车轱辘话。因为这种类型的另有其人嘛，所以我很清楚三本木不属于这种。”

然后，她微微露出了苦笑，说道：

“但是，好吧。不仅古城，我还说Maro和Nana也不在场。如果三本木是因为这个而不相信我，那我也算是有点对不起古城了吧。”

“Maro？Nana？”

小佐内同学重复了一遍。

“啊，Maro是栃野，Nana是佐多。她叫佐多七子（**注:“七”的日语发音为Nana**）嘛。至于Maro……这么说来，为什么叫Maro呢？大家都这么叫她的。”

有证据表明栃野同学和佐多同学也在派对上，茅津同学却硬说她们不在，这么一来，老师的确不会相信她说的任何话了吧。不过，我没想到这竟会导致对古城小姐的不利。

小佐内同学稍稍思考了一下，问：

“能把这张照片发给我吗？”

这可是导致停学的照片，但茅津同学并没有什么戒心地说：

“可以啊，无所谓。”

接着，她们两人传了一会儿数据。最后，茅津同学说：

“你去给古城打打气吧。我觉得那家伙应该不太习惯这种事。”

说完她一口气喝完香蕉汁，把正好够付果汁的零钱往桌上一摆，就走了。

目送茅津同学离去，我告诉店员我要换桌，然后坐到了小佐内同学的对面。小佐内同学捧着装可可的杯子，问我：

“都听到了？”

“嗯，听得很清楚。”

“得跟三本木老师见一面才行。”

“稍微看到点希望了呢。”

小佐内同学点了点头。茅津同学是因为照片这个证据被停学的，所以很难想象会在毫无证据的情况下，古城小姐被迫停了学。并且，如果我们相信古城小姐是无辜的，那么这证据就是伪造的，会留下人为的痕迹。而痕迹就是足迹，是可以追踪的。

“但是，要和老师见面有点难啊。”

“是呢……”

学校是一个封闭的地方。如果不是文化节这种日子，外人是进不去的。对于茅津同学，我们利用“担心古城小姐的表姐”这个身份向她了解到了情况。但想跟三本木老师说上话，这办法就行不通了，恐怕连传话都做不到吧。

小佐内同学面无表情地放下杯子，双手放在头上。这是表示她对此已愁到只能抱头缴械投降了吗？也有可能是在按摩头部，试图挤出些点子来。不过大概是前者吧。要从三本木老师那里套情报无论如何都需要一个合适的身份。

“跟踪三本木老师……”

嗯，先把“跟踪”这办法放一放吧。搞不好问题会变得更严重。我喝了一口变温吞的咖啡，顺口说道：

“能让老师认真对待并告知实情的，就只有监护人了吧。”

不管我或者小佐内同学怎么演，看起来也不像古城小姐的监护人吧？我只是怀着无计可施的心情说了这么一句话，然而——

“啊，对哦！到底是小鸠同学。”

小佐内同学突然叫了起来：

“请古城同学的监护人帮忙就行了。很简单嘛。”

“能行吗？古城小姐的父亲好像是在东京开店的甜点师对吧？”

“她父亲是古城春臣。古城先生在巅峰状态下创立的Pâtisserie

Kogi……”

“谢谢，上次的讲课内容我还记得。”

据说古城春臣只有休息日才会回自己在名古屋的家。但他的休息日恐怕不是生意繁忙的周末，所以正值星期六的今天，他是不在名古屋的。而古城小姐的母亲已是故人了。

“这么一想，古城小姐平时都是怎么过的啊？她还只是个初中生，却得独自在那公寓里生活吗？”

我嘟囔了一句后，小佐内同学向我投来了冷酷的目光。

“你怎么现在说这个？”

她的意思是，去年秋天你不就已经知道了吗？话是没错，可直到此刻为止，我从来都没关心过古城小姐的生活状况啊。

“她的爷爷奶奶好像住在附近的一栋独院里，照顾她的衣食起居。她父亲曾问她要不要去东京一起生活，但她说，这里有朋友，现在的学校是自己努力考进去的，而且还有一年就毕业了，她一直都很迷茫，不知该怎么办才好。”

“这样啊。”

虽然我没想过要为古城小姐担心，不过也算松了一口气。我们各自喝了一口饮料，然后小佐内同学说：

“要说手段，是有一个呢。”

我也觉察到了她所谓的手段指的是什么——

“是啊，有一个。”

就算向家住附近的爷爷求助，恐怕也击不破学校那坚硬的大门吧。

老师十有八九会说：我们十分理解您的担忧，但还是请监护人来跟我们联络。在此种情况之下，无论如何都需要父母这样的身份。

古城春臣曾经考虑跟自己店里的员工田坂瑠璃子再婚。如果两人已经办完了登记手续，那么在户籍上，田坂瑠璃子就是古城秋樱的母亲。而且她是去年在名古屋开张的Pâtisserie Kogi Annex Ruriko的店长，换句话说，她就在名古屋。需要担心的只有一件事。

“古城小姐会不会不情愿呢？毕竟她反对过父亲再婚吧？”

古城小姐肯定不希望田坂瑠璃子插手自己的事吧。不过小佐内同学却轻描淡写地说：

“当然不会情愿吧。但是，手段只有这一个。首先我们得去问问古她，她父亲再婚了没有。”

小佐内同学站起身，跟古朴的老板说了句“我去外面打个电话”，走出了咖啡馆。好吧，我就知道会是这结果。既然古城小姐求助于小佐内同学，小佐内同学答应了帮忙，那么该出手时就出手，她不会犹豫——无论古城小姐如何看待这种手段。

小佐内同学很快就回来了。

“她说没问题。”

这就好。我把剩下的咖啡喝完，站了起来。身在地下，有点掌握不好距离感，不过Pâtisserie Kogi Annex Ruriko离这里应该不远。

4

出了地下街，外面冬季的楼风正呼啸着。口罩、耳罩、围巾、手套，小佐内同学全副武装，毅然决然地向前走去。

“古城小姐肯定吓了一跳吧？”

我边走边问。小佐内同学点点头。

“她说，干吗要问这事。”

“你怎么回答的？”

“我说，因为有用。”

跟年纪比自己小的孩子说话时，就不能再温柔点吗？我正如此想着，只见小佐内同学突然掏出了手机。她瞄了一眼屏幕，又立刻收回大衣口袋里。

“古城小姐的来电？”

“嗯。她说，如果非得去找那个人，还不如请你什么都别干了。”

好吧，这回答不出我所料。

“即便这样，你还是要去？”

小佐内同学抬头看着我，那眼神像是在责备我说：你这是明知故问。

“因为她说，无论如何都想知道真相。”

是啊，古城小姐的确这么说过。话一旦说出口，就带上了责任，甚至体贴地把痛楚也提前揭示了出来。小佐内同学的步速丝毫没有放缓，以至于朝着红灯一路冲去，我赶紧抓住她的衣领把她拖了回来。

小佐内同学一边走，一边问我：

“茅津同学说的话有什么疑点吗？”

要说有，是有的。

“茅津同学她们是被三本木老师训导的，古城小姐则是由班主任深谷老师传达训导结果。不过这可能单纯是因为当时哪个老师有空就由谁来说，或是因为茅津同学她们是重点关注对象。顶多也就这么点差别吧，我觉得没什么大不了的。”

小佐内同学点头。

“但是，古城小姐和茅津同学她们的训导时间差就有点怪了吧。”

小佐内同学那埋在围巾里的脖子呆呆地歪向一边，问道：

“时间差？”

“茅津同学她们因为派对的照片被传到网上而遭人举报，被停了学。恐怕栃野同学和佐多同学也是一样吧。可古城小姐不同。只有她一人晚了一天。我在想这是为什么。”

小佐内同学露出了满意的目光，她点点头说：

“我没关注到这一点。小鸠同学，不愧是你。”

少来这套啦。

这时间差意味着什么，目前我还无法给出清晰的答案。虽然有几个假设，但真要讨论起来，还有很多东西需要调查。而且最关键的是，在楼风呼啸的马路上思考问题，这环境也太恶劣了吧。就在此时，我们眼前出现了熟悉的十字路口。

面朝十字路口的大楼一层，外墙为红砖基调的Pâtisserie Kogi

Annex Ruriko毫不在意冬季的严寒，店内熙熙攘攘。堂食的座位已经客满，在展示柜前排队的顾客们笑容满面地挑选着蛋糕或是马卡龙。店员们不慌不忙地应对着各位顾客的点单。等其中一名店员空下来，小佐内同学拉下围巾，开口道：

“不好意思，请问店长在吗？”

“店长吗？”

店员重复了一遍，并未露出惊讶的神情，答道：

“很抱歉，店长现在外出了。”

我看了看挂在墙上的时钟，现在是下午两点多。所谓的外出应该是托词，说不定她正在店铺后方午休。小佐内同学大概也是这样想的，她从口袋里掏出一张折起来的纸片交给店员，说：

“如果店长回来了，能否帮我把这张纸交给她？我是古城秋樱小姐的朋友，有件急事必须尽快跟店长商量。”

店员终于忍不住流露出了怀疑的神色，但或许是古城老板的姓氏稍微起了点作用吧，对方挤出笑脸说了句“请稍等”。我望着走进店铺后方的店员背影，问道：

“那张便条，你什么时候写的？”

小佐内同学笑了笑。

“你猜？”

怎么会这样？亏我一直和她在一块儿，居然没注意到……不久店员回来了，为我们带起路来。

“这边请。”

跟充满摩登感和洁净感的店内相比，店铺后方就是很普通的楼房。穿过一扇没有门把、可以两面开的门，我们来到一间小小的办公室。首先进入眼帘的是折叠椅和只够摆个便当的小桌。小桌后方是一张平淡无奇的办公桌，上面杂乱地堆放着文件。一个女人正面朝这张桌子坐着。她就是店长吧？她挂着胸牌，写着全名“田坂瑠璃子”。看来不论户籍上怎么变，在职场，她用的仍是田坂这个姓。

田坂女士微笑着向带路的店员说了声“谢谢”。店员鞠了一躬便回了店堂。在这个只剩三人的小屋里，田坂女士先开口道：

“来，请坐吧。”

我和小佐内同学解下围巾，各自拖了一张折叠椅坐下。她还摘掉了口罩、耳罩和手套。

田坂瑠璃子女士有一张鹅蛋脸，头发服帖地梳向脑后。眉毛很细，眼神似乎有点忧伤，嘴唇很小巧。她用右手包住左手搁在桌上，似乎没有化妆，说话的声音很沉稳。

“听说，你们是秋樱的朋友对吧？”

“是的。”

“这样啊……”

沉默的空气包围了我们，双方像在相互试探。

“那么——”

先挑明的是田坂女士。

“你们有什么事吗？”

小佐内同学凝神盯着田坂瑠璃子，仿佛试图看穿她的内心。而对方这么问起时，她便大方地答道：

“古城秋樱同学因为饮酒的嫌疑被停了学。可她本人说自己是无辜的，实际喝了酒的那个小团体的人也说古城同学当时不在场。学校似乎掌握了古城同学在场的证据，但我本人相信她是无辜的，所以我认为那个证据是假的。我想去学校了解情况，为此需要古城同学的监护人出面联络校方。”

田坂女士的眉毛微微一颤。

“那么，你们为什么要到这里来呢？”

小佐内同学立刻回答说：

“因为田坂女士是秋樱的监护人。”

田坂女士的唇间吁出一声轻轻的叹息。

“这是秋樱说的吗？”

“她只说，田坂女士和古城先生结婚了。她不知道我会来这里，如果知道了，她肯定不会原谅我的。”

田坂女士换了换双手的交握方式，这下我看见了她的左手——也没戴戒指。果然，甜点师在工作中是不戴戒指的吧。

“我都不知道她被停学了。”

在喃喃自语的瞬间，看起来稳重而理智的田坂女士脸上飞过了自嘲的神色，我没有漏掉这个细节。好在，如今的我总算是具备了起码的自制力，能做到看破不说破。

古城小姐曾哭着给小佐内同学打电话，控诉那不讲道理的停学，而另一边，她却对田坂女士只字不提。这倒很正常。但是我无法想象，在东京经营店铺的古城春臣也不知道女儿停学一事。因为就算古城小姐隐瞒，学校也会联系家长的。然而他没把女儿的状况告知现在的妻子——田坂女士……虽然我无意对别人的家务事多嘴多舌，但我禁不住对从未谋面的古城春臣产生了厌恶。

“我明白了。”

犹豫和迷茫完全从田坂女士的话语中消失了。

“那么我该怎么做呢？”

不可否认，小佐内同学的身材娇小，五官看起来有点孩子气。举止嘛，也并非总是沉着冷静——看到那么多马卡龙的时候，她都迈不开腿了。但初次见面就能对小佐内同学表示信任并请她提要求，这样的成年人我还是第一次碰到。小佐内同学也有点困惑，接着说：

“请给她学校学生指导部的三本木老师打个电话。我想请您对他说，关于古城同学停学一事，您无论如何都想跟他面谈。”

“三本木老师是吧？”

“获得对方同意后，我也会和您一起去学校。就说我是秋樱的姐姐，可以吗？”

田坂女士凝视了小佐内同学一秒。我猜，她是不是在考虑该说姐姐还是妹妹。随后，她把视线移到墙上的挂历，说：

“我们店是星期三休息，下星期三会有电视台来采访，在那之后……”

小佐内同学打断了说到一半的田坂女士：

“不，这种事哪怕早一个小时都是好的。可能的话，现在就去。”

“现在？”

田坂女士皱起了眉头。可不是吗？现在是周末的下午两点，店长是不可能从正在营业的店里脱身的。田坂女士的视线有点游离。

“但今天是星期六，学校休息，那位老师应该也不在吧？”

“是有这个可能，但很多老师也会在星期六上班。如果不在，那就没办法了，但首先我们应该确认一下他在不在。”

小佐内同学或许也知道，问题不是三本木老师在不在，而是田坂女士能不能在星期六放下这家店吧。得先有这个基础，再去追求速度。小佐内同学说得虽然有理，但太苛刻了。一般情况下是没法这么快付诸行动的。

然而，田坂女士默默地点了点头，拿起放在办公桌上的手机，打起电话。古城小姐连那么重要的事都不肯告诉她，她却把古城小姐学校的电话号码存在手机里了吗？很快，电话接通了。

“您好，抱歉百忙之中打扰，我是初三E班古城秋樱的……”

她稍微犹豫了一下。

“母亲，我叫瑠璃子。今天虽然休息，但我想问一下，学生指导部的三本木老师在吗？”

之后，田坂女士和电话另一头的人沟通了一阵，而我们就在一旁静待。小佐内同学稍微喘了一口气，然后充满好奇地东张西望起来。尽管这只是一个毫无趣味可言的办公室，但毕竟是第一次来到甜品店的后台，她肯定觉得很新鲜吧。

不久后，电话结束了，田坂女士拿着手机对我们说：

“三本木老师好像在学校呢，我们走吧。”

我关心的是，店铺不要紧吗？不，怎么可能不要紧。但再要紧，田坂女士都已决定去学校了。既然如此，我也就不必再多问了吧。

5

最终，田坂女士和小佐内同学负责攻入礼智初中，我在校外待命。毕竟，我也不好意思大大咧咧地跟着她们两人，在“我是母亲”“我是姐姐”后面来一句“我是不才的哥哥”，因此待命实属无奈。

我回到名古屋站，打算在车站大楼里消磨这段等待的时间。先前我曾琢磨着去哪家店里待一会儿，但考虑到往返名古屋站的电车费和富狱的咖啡钱等等，我还是想把钱包捂得再紧一点。我乘电梯来到楼上的书店一瞧，到底是星期六，人头攒动，收银台前排起了等待结账的长队。我逛着文库新书专区，脑海里想法不断。

要问是谁恶意陷害古城小姐，当前，我们还无从讨论。信息不足是其中一个方面，不过我们正在逐步收集。我知道小佐内同学的行动力很强，然而这次她完全让我瞠目结舌。反观自己，休息日特意跑来名古屋，可直到现在都没我出手的份儿——不过，我倒是没有不过瘾的感觉。毕竟我也很明白，无故受罚有多难以忍受。

我伸手去拿一本挺显眼的文库书时，突然想到了另一件事。我环顾店内，发现天花板上垂下的那块写有“学习参考书”的条幅后，往那里走去。第三学期很短，期末考试很快就要到了。虽说学生的本分是学习，但现在我关心的是别的。我的视线扫过排满红书（**注：日本教学社出版的各大学入学考试真题集，封面、封底和书脊均为大红色**）和习题集的书架，寻找着目标。

“有了有了。”

我找到了摆着英日词典的书架，不好意思把带硬盒的词典从盒子里拿出来，便轻轻地抽出了一本不带盒的。正要翻到“M”那一项时，我立刻意识到这本词典应该没用，而且我要查的单词或许不是英语。稍微想了想，我又抽出一本国语词典，查起“ma”那一项来。

“果然如此。”

我合上词典，放回书架。这下，我明白了一个耐人寻味的事实。虽然目前还不清楚这跟古城小姐的停学有没有关系……

话说回来，如果只是查词义，那用手机就能搞定，可我冒出这想法之后却迫不及待地去查了词典。一分钱没花就获得了情报，要是就此拍屁股走人，那我实在有点过意不去。于是我回到文库书架，拿起很早以前就想买的短篇集去了收银台，好歹算作补偿。正请店员帮忙套书套的时候，手机有消息进来。我瞟了一眼屏幕，是小佐内同学发来的短信。

走出书店，我重新打开手机看起短信。

“结束。到觉王山站碰头吧——”

句尾怎么怪怪的。大概是词语联想输入的问题吧。

我也是第二次在这边坐地铁了，这回没怎么迷路。到觉王山站下了车，我环顾左右，琢磨着在哪里会合时，就发现在被LED灯照亮的站台一角，穿得鼓鼓囊囊的小佐内同学正低着头坐在长椅上。我走到她旁边，她没有站起来的意思。光我一人站着太别扭了，于是我也在她旁边坐了下来。

“那个人呢？”

我问。小佐内同学仍旧盯着自己的脚，围巾里传出声音：

“回店里去了。”

田坂女士不在店里的时间实际也就两个小时。并非因为她是店长，所以想走就能走，大概是下午请了半天假吧。可即便如此，她还是回了店里。

“她说，不要告诉古城同学自己插手了这件事。”

“明白了。那么，进展呢？”

“极好。”

电车滑入了上行线的站台，几十秒后，随着铃声开走了。等那噪音消退，我问：

“能不能跟我说说经过呀？”

小佐内同学点点头，用含混不清的声音说了起来：

“我们很快就见到了三本木老师。星期六学校里没有能带路的事务员，所以他让我们直接去接待室。保安什么的都没有，想进学校的话，也太容易了吧，我简直大吃一惊。三本木老师大概正在接待室里工作，田坂女士敲门进去后，就见他把摊开的文件往包里塞。到底是私立学校啊，内部装潢真气派。桌子很厚重，沙发软软的，地毯的毛也很长。”

除了我和小佐内同学，站台上没有别人，只有那冷冷的LED灯光照在我们身上。

“三本木老师四十岁左右吧。我觉得他表情挺严厉的，但这大概只是因为事先听说了他会吼学生，所以有了预先的判断。他一点儿都没掩饰自己的不耐烦，茶也没倒，但好歹还是说了‘请’字，让田坂女士坐下了。对我，他就只扫了一眼，都没问我是谁。”

监护人这个身份看来真的挺管用的。早知道不会被盘问，我也跟着一起过去就好了。

“从结论来说，跟我预想的一样，古城同学会被停学是因为有人提供了她在派对现场的照片。虽然三本木老师说不能透露举报者的姓名，但我想，要么是他忘了，要么是匿名的。田坂女士表示，秋樱说自己当时不在场。于是，三本木老师很生气地反驳说有照片在，没法找借口吧？”

“他没问田坂女士，除夕的时候有没有跟古城小姐在一起？”

“没。我想，要是问了，田坂女士回答说他们一起看了红白歌会的话，三本木老师就得吃不了兜着走了。”

可不就是吗？

“三本木老师压根就不听别人的，只是一味强调说，这个年纪的孩子都很会撒谎，学校当然会尽力，但家长的教导也很重要。然后田坂女士就生气了，说：你们根本没好好调查，只想着把学校做的决定贯彻到底，太不负责任了。”

田坂女士生气了……吗？这听上去话里有话。

“小佐内同学，你并不这么想，对吧？”

她那露在围巾和刘海之间的眼睛显出了些许笑意。

“因为当我问他能不能让我们看看那张证据照片时，他就给我们看了呀。我问他借照片，结果他还打印了一份给我。这么有良心的老师，我还是第一次见到，实在是发不起火来。”

这可太厉害了。

“哪怕是监护人，这也算是把信息泄露给了外部人员，三本木老师真是一个好人啊。你们的交涉还挺顺利吧？”

“我跟他说，因为秋樱坚称自己绝对没去派对，所以想把这证据甩给她看看。”

“他大概是信了你这番话吧。”

“我干坏事了呢。”

看来，当自己撒了谎而对方却信以为真时，小佐内同学似乎是会感到内疚的。

铃声响起，下行电车卷着气流滑入站台。屏蔽门打开，有几人上车，也有几人下车。停靠时间感觉有点长，难道是因为在等我们上车吗？或者单纯只是我的错觉呢？站台恢复宁静之后，小佐内同学说：

“总而言之，证据照片在这里。”

她给我看了打印在复印纸上的照片。画质很粗糙，不过足以看出照片上的内容——拿着玻璃杯的女生，红酒和香槟的酒瓶，还有笑容满面的古城小姐。乍一看，没发现什么可疑之处，也就是说这假造得还算精巧。

地铁的长椅位处阴暗寒冷的角落，不适合在这里讨论照片。

“不愧是你啊，没想到这么快就弄到手了……那，我们走吧。”

小佐内同学默默地点点头，缓缓站起来。

长椅上有个一次性暖宝宝。看来小佐内同学刚才就坐在它上面。她就像没事发生似的收起暖宝宝，然后低沉着嗓子说：

“这才刚刚开始呢。”

于是，我们再次回到了古城小姐家。

古城小姐开门迎接时，看起来憋了一肚子话。对于我们自作主张联络田坂女士，她应该是有话想说吧。但当小佐内同学不由分说地将证据照片摆在面前时，她首先高声尖叫起来：

“这是骗人的！假的！”

她的眼中瞬间噙满了泪水。

“我根本没干过这种事！这照片……小由纪学姐，这是假的！”

小佐内同学正视着古城小姐，说：

“是的。”

“什么……”

“我也认为，这照片是假的。”

古城小姐慌忙擦拭了一下眼角，瞪圆眼睛问：

“为什么？”

“因为你是无辜的，对吧？那这肯定就是假的。”

小佐内同学的口吻没有丝毫怀疑，也没有任何高高在上或夸耀之意。古城小姐只呢喃了一句“小由纪学姐”，便泣不成声。

我和小佐内同学没打扰她，而是借着明亮的灯光再次观察起这张照片。小佐内同学打开手机，调出茅津同学发给她的照片，甚至不用比较就能看出，这两张照片完全不同。

在茅津同学发来的照片上，她、佐多同学和枥野同学三人都是单手拿玻璃杯摆着造型，面前的桌上放着红酒还是什么的瓶子。只有枥野同学一人把玻璃杯靠在嘴边。这三人似乎都靠墙站着，因而看不出屋子有多大，只知道墙纸是条纹图案的。

而在三本木老师那里拿到的照片上，古城小姐望着右上方，露出满意的笑容。她右手拿着玻璃杯，左手比出了胜利的手势，身上穿的是毛衣和裙子，毛衣里露出了很大的黑色蝴蝶结。近处，茅津同学正在往玻璃杯里倒香槟。古城小姐身后有其他女生注视着镜头，喝着玻璃杯里的饮料。墙纸也是条纹图案的。

拍照地点看来是在同一个屋子里，但角度和人物都不一样。只有茅津同学是在两张照片中都出现了的，此外的共同点是，都有人在喝着类似酒的饮料。

“这么看来，小佐内同学拿到的照片确实有点奇怪啊。”

小佐内同学问：

“哪里奇怪？”

我指着古城小姐的左手说：

“她会做这样的手势，应该是知道有人在拍自己。但她的视线却是往斜上方的，所以我觉得不对劲。”

“嗯，的确。”

这时，古城小姐似乎好不容易冷静了下来，我便问她：

“古城小姐，这件衣服是你的吗？”

她的脸还是红红的。她瞄了瞄照片，摇摇头说：

“不是。我没有这种衣服。”

“那就是说，只换了头。”

我再次盯着照片上的脸仔细看起来。打印在复印纸上的照片画质不佳，不过带着“换头”这种意识去看的话，确实能发现脑袋的轮廓线有些模糊，脖子处似乎也有接缝。并且，我还注意到古城小姐面颊上沾着什么黄黄的东西。那是什么呢？

“问题在于——”

小佐内同学低语道：

“谁能拍到这派对上的照片？因为，只有手握这照片数据的人才能做出造假照片。”

话是这么说没错……

“那就应该包括除夕跟茅津同学他们一起参加倒计时派对的所有人。她说有十二三个吧？”

古城小姐心急火燎地说：

“那就问一遍所有人，看是谁拍了这张照片就行了吧？”

“这可不行。”

我说。古城小姐听罢，眉头拧到了一起，不出声了。小佐内同学在一旁解释道：

“这非常困难呢。茅津同学好像也不知道都有谁参加了派对，而且这本来就是给人添麻烦的事，就算问了，恐怕他们也不会说的。还有，既然照片已经被传到网上，基本就不太可能查得出是谁保存过了呢。”

“是吗……”

古城小姐死死地盯着那张打印出来的照片。

“为什么我会遭这种罪啊？应该是参加了派对的某人对我怀恨在心吧……”

“你能想到是谁吗？”

小佐内同学问道。古城小姐无力地摇了摇头。

“想不出来。但是，但是肯定有人对我……”

她的嗓门再次高了起来。

过去，我曾好几次看破他人隐藏的敌意，洞察笑容背后那企图贬低他人的心思。然而，我从未亲眼看到遭受敌意的人是如何承受它的。古城小姐分明早已知道有人陷害自己，但面对这集合了所有敌意的造假照片，她的心却剧烈地动摇了起来。原来，承受者会有这种反应吗？

我只是一介小市民，哪怕不是，顶多也只是一个自作聪明的侦探而已。但我是不是能发挥出一点小作用呢？如果能弄清这敌意的源头，古城小姐是否能稍微轻松一些呢？对此，我表示怀疑。

可是，没错，古城小姐说过，无论如何她都要知道敌人是谁。那么事到如今，我也不会犹豫了。

“小佐内同学，这可真不像你啊。”

我说道。她们两人齐刷刷地朝我看来。

“问题可不仅仅在于‘谁能拍到这派对上的照片’。需要关注的是‘谁能拍到正在笑的古城小姐’，以及‘谁能同时获得派对上的照片和古城小姐的照片’。古城小姐，你还记得这张照片是在哪里拍的吗？”

突然被问，古城小姐有些慌张地答道：

“啊？我经常都会拍照啊，文化节什么的，放学后什么的……”

“好好看看。这脸颊上，沾着什么东西。”

“脸颊？”

她问了一句，然后凑近了照片。小佐内同学的视力很好，不过她也一样盯着照片仔细看起来。古城小姐低声说：

“真的呢，好丢人。”

然后，她们同时抬起了头。

“啊！”

“小鸠同学，这……”

应该没错了。小佐内同学大声说：

“古城同学，你有*ORCA*的最新一期吧？快拿来。”

“好！”

很快，迷你杂志*ORCA*就被摆上了桌。最新一期的头条报道就是日意甜点师交流会。照片上有在市内酒店里举办的交流派对的情景，一排排意式甜品，还有笑容满面的参与者们。在两位手持红酒杯谈笑风生的男子身后，脸上沾了奶油的古城小姐正绽放着笑容，仿佛沉浸在无上的幸福之中。

我们比较了一下造假照片和*ORCA*上刊登的照片。视线的角度，奶油的位置，完全一样。

“就是这个吧。没想起来真是丢人啊。”

小佐内同学痛切地嘀咕道。

*ORCA*不仅在名古屋市内，也在周边城市销售，所以人人都有可能拿到这张照片。把它扫描或是翻拍一下变成数据格式，再跟倒计时派对的照片合成，就能做出假的照片来。但是，*ORCA*登的照片中，古城小姐的头上压着“交流派对盛大华丽”这一标题的“丽”字。用电脑去掉“丽”字倒也不是不可能，但犯人的图片加工水平连脖子上的接缝都擦不干净，我很难认为对方是用扫描的方式做出了造假照片。这么一来——

“犯人是*ORCA*编辑部的人？”

古城小姐喃喃道。这可能性也并非为零，但我也很难想象，*ORCA*编辑部、倒计时派对以及对古城小姐的恶意这三点之间存在什么联系。

“或者，是从*ORCA*编辑部拿到了照片的人。”

“这种东西，能拿到吗？”

“如果是古城小姐，只要提要求，应该很容易就能要到。因为你是拍摄对象嘛。同样的，照片上的其他人应该也能拿到。”

我指着*ORCA*的照片中那两个拿着酒杯谈笑风生的人。一个是貌似日本人的中年男子，另一个是留着胡子的白人青年。

“这两个人应该是甜点师，你认识他们吗？”

古城小姐毫不犹豫地指着中年男子说：

“这人……”

她的脸色阴沉起来，声音也在发抖。

“我记得。名字虽然不知道，但我吃了泡芙后，他走过来说，这明明是意式甜品交流会，却有这种没教养的店送了泡芙过来。”

“你知道泡芙是哪家店提供的吗？”

“我家的店。”

啊，或许那人早就知道古城小姐是Pâtisserie Kogi老板的女儿，而故意来找碴的吧。

“那时候我心情挺好的，所以也没细想就回答他：但我听说泡芙是佛罗伦萨的公主传到法国去的。然后，那人什么也没说就走了。”

小佐内同学的眉头皱了起来。

“他是觉得自己被羞辱了吧……但是，他单纯因为这事就制作了造假照片，送到学校去了？而且，倒计时派对的照片，他又是怎么弄到手的呢？”

我想，我应该能解答这一连串疑问。我将手放在*ORCA*上，说：

“古城小姐，给*ORCA*编辑部打个电话，问问他们有没有把日意甜点师交流会的照片数据发给过Marronnier Chan的栃野师傅。”

古城小姐睁大了眼睛，看来，要等她完全理解我这番话的意思，还需要一些时间。

6

乘上返程的东海道线时，太阳已经完全下了山。虽然下行电车人满为患，不过我和小佐内同学还是幸运地坐到了双人座。对面是两个大学生模样的人，都戴着耳机在听音乐。虽然我不想在人群中提及事件，可既然他们听不见，说一说也无妨吧。

接到古城小姐的电话后，*ORCA*编辑部的人并不惊讶，就告诉她说，他们确实把那照片发给了栃野师傅。如果古城小姐想要，也能发给她。古城小姐客气地谢绝了。挂了电话之后，她的脸色有点发青。

如果是栃野师傅，就能同时获得甜点师交流会的照片和倒计时派对的照片了。前者通过*ORCA*编辑部，后者通过他女儿栃野美绪。恐怕，栃野师傅一直以来就对Pâtisserie Kogi怀有耻辱感吧？小佐内同学先前告诉过我——曾在年末惯例的‘ORCA精选甜品店年度排行榜’三年蝉联第一的Marronnier Chan，由于Pâtisserie Kogi Annex Ruriko的开张而从首位跌下来了。

栃野师傅不仅在隆重的派对上被本就嫉恨的古城的女儿弄得失了面子，自己的女儿还因饮酒被停了学。一方面是众口难防，另一方面，栃野师傅大概认为要是Marronnier Chan老板的女儿饮酒停学一事会传开，那就给Pâtisserie Kogi老板的女儿也泼一盆同样的脏水好了。或许……主犯是栃野美绪也说不定。她的企图在于，反正都要停学，干脆把可恶的竞争对手的女儿一起拖下水。

我觉得，合成两张图片制作假证据，像是成年人会搞的鬼；而冤枉对方喝了酒迫使其被停学，则像是初中生的点子。这么说来，有可能那对父女是共犯。不过，我们已经达到了目的，就也不必纠结谁是主犯了吧。

"小鸠同学——"

在摇晃的车里，小佐内同学轻声道：

"亏你知道啊，Marronnier Chan的甜点师是枥野先生。"

偏偏在甜点师的信息上被我抢占了先机，想必她心里颇不平静吧。但是，小佐内同学误会我了。

"我并不知道，只是猜想，会不会有这么一回事。"

"你是说，这单纯是直觉？"

"嗯——还是比直觉多了点根据吧。"

小佐内同学那卷着围巾的脖子歪向一边，我便跟她解释起自己的思路来：

"刚才，在你跟田坂女士去礼智初中的时候，我做了些调查。因为实在是对枥野同学那个叫'Maro'的外号耿耿于怀。我在想，为什么要叫Maro呢？说来，最近我好像在别的场合听到过带Maro的词……古城小姐也曾说枥野同学有制作甜点的爱好，我就猜会不会有关系，结果押中了大奖呢。"

"你所说的调查是？"

"很简单嘛……在词典里查了'枥'这个字。"

词典上写，这是一种落叶乔木，会自然生长在山地之类的地方，最后——

"上面还写着：也可参阅'marronnier'。而marronnier就是西洋枥树。"

小佐内同学微弱地呜咽了一声。

事件相关人员中有个姓枥野的学生，被Pâtisserie Kogi拽下马的是

Marronnier Chan这家店，marronnier是西洋栃树。这三个符号并非偶然，由此我推测，栃野同学的父亲会不会就是Marronnier Chan的甜点师。再加上造假照片的原件来自日意甜点师交流会，于是这问题也就迎刃而解了。

我们知道了犯人是谁，也大致明白了被诬陷的理由。不知古城小姐的心情好些没有。还是说，尽管知道了敌人的名字却于事无补——她的心头是否涌起了这样一股空虚感呢？

刚刚离开的时候，小佐内同学向古城小姐建议道：既然有照片造假的证据，那就可以把栃野师傅干过的事情写下来，投稿给*ORCA*编辑部。*ORCA*对Marronnier Chan的态度肯定会有变化。

“我说，小佐内同学。”

“怎么？”

“古城小姐会投稿吗？”

为了复仇。

小佐内同学看起来有点困。

“我想不会。”

她睡眼惺忪地答道：

“因为，她是个好孩子嘛。”

说完，小佐内同学就没再吱声。大概是累得睡着了吧。我得负责叫醒她，看来我是不可能睡了。载满乘客的电车行驶在回去的路上——我们将古城秋樱小姐一人，留在了夜里。

7

接下来的星期三，我和小佐内同学受到了Pâtisserie Kogi Annex Ruriko的邀请。虽说是定休日，但因为有电视台的采访，所以田坂瑠璃子女士也来了。采访结束后，她让我们进了店。

“小由纪学姐对我特别照顾。”

古城小姐说这番话时，脸上的笑容没有一丝阴霾。造假的照片是怎么处理的，跟班里的枥野同学有没有说过什么……关于这些，我也好，小佐内同学也好，都没问。拜托我们的事情都办完了，除此以外，我们既不想知道，也不想让对方说出来。

田坂瑠璃子女士系着代替制服的黑围裙，娴静地笑着说：

“真的非常感谢你们。”

当看到古城小姐和田坂女士并肩微笑时，我感到了些许异样的欣慰。到上星期六为止，古城小姐对田坂女士甚至还心怀憎恶，田坂女士对古城小姐也有着过分的客气。然而现在，两人站到了同一空间里。在田坂女士的协助下我们获得了造假照片，虽然我们没把这事告诉古城小姐，但她们两人通过某种形式完成了对话——至少，相互之间的距离似乎是缩短了。

不过，小佐内同学或许并没注意到这些。因为刚走进店里一步，她就哑口无言，浑身颤抖，呆立不动了。

Pâtisserie Kogi Annex Ruriko的店内被甜品装点得流光溢彩。浅色系的马卡龙、大理石花纹的马卡龙、接近原色的马卡龙，完整的圆形芝士蛋糕……在堆起来的泡芙塔上，巧克力酱倾泻而下。后来，她们告诉我们，这叫Croquembouche（**注：法语，意为“泡芙塔”**）。还有一般不会在Pâtisserie Kogi Annex Ruriko这种法式甜品店里出现的Berliner Pfa……这是什么来着，就是那个……柏林炸面包。

“这些，都是小由纪学姐的！”

“这是用来拍摄的，也没法作为商品出售，不介意的话就请尽情享用吧。”

小佐内同学张着嘴，像是要说些什么，但发出的只有“啊哇哇”这种奇怪的声音。

之前古城小姐打电话找我商量，说想给小佐内同学回礼，问我该怎么做才好。我便建议用甜点来招待她，炸面包的事情也是那时候告诉古城小姐的。我想小佐内同学肯定会很高兴吧……不过她竟然高兴成这样，我实在是没想到啊。

小佐内同学双手捂着嘴角，眼眶湿润，好不容易挤出了一句话：

“那个……你们说，我，会死吗？”

古城小姐放声大笑起来。时间正好来到了傍晚六点，外面那座大钟奏响的《啊！牧场绿油油》的旋律回荡在整个店堂里。

著作版权合同登记号：01-2021-3282

图书在版编目（CIP）数据

巴黎马卡龙之谜 / (日) 米泽穗信著；林枫译. --北京：新星出版社, 2021.7（2025.5 重印）

ISBN 978-7-5133-4559-0

Ⅰ.①巴… Ⅱ.①米… ②林… Ⅲ.①推理小说－日本－现代 Ⅳ.①I313.45

中国版本图书馆CIP数据核字（2021）第114256号

本书为引进版图书，为最大限度保留原作特色，尊重原作者写作习惯，酌情保留了部分外来词汇。特此说明。

巴黎马卡龙之谜

［日］米泽穗信 著；林枫 译

责任编辑： 李文彧
特约编辑： 黄嘉丽
责任印制： 李珊珊
装帧设计： 陈慧颖　何晓静

出版发行： 新星出版社
出 版 人： 马汝军
社　　址： 北京市西城区车公庄大街丙 3 号楼　100044
网　　址： www.newstarpress.com
电　　话： 010-88310888
传　　真： 010-65270449

读者服务： 010-88310811　service@newstarpress.com
邮购地址： 北京市西城区车公庄大街丙 3 号楼　100044

印　　刷： 凸版艺彩（东莞）印刷有限公司
开　　本： 890mm × 1240mm　1/32
印　　张： 7.25
字　　数： 160千字
版　　次： 2021年 7月第一版　2025年5月第三次印刷
书　　号： ISBN 978-7-5133-4559-0
定　　价： 45.00元